桜に想う

鵜飼礼子

舷燈社

目次

第一章　朝星夕星

第二章　桜に想う

桜に想う

第一章　朝星夕星

学徒動員

かの日、板の間に正座して玉音放送を聞いた。かすれた電波によって戦争終結を告げられた。憤りと不安の念が渦巻く胸裡にも一すじほっとした気分が流れはじめた。井戸水で冷したトマトの新鮮な感触が今も忘れられない。

その頃私は、学徒動員の女学生として激しい勤労の日々であった。校内で作業していたが、雨季に入って教室では狭くなり、近くの田圃に雨露しのげるだけのバラックが建てられた。粗末な設備で必勝を信じ、風船爆弾の原紙となるものを作った。二度ほど北米の山林に落ちて山火事をおこした記事が小さく新聞に報じてあったが、真偽のほどは分からない。

作業に使用する糊作り当番の日は朝四時に出勤した。空腹に耐えながら、四斗樽数個に糊を練る労力は並たいていではない。防腐剤（ホルマリン）の匂いが鼻をつく。綿服についたらなかなか落ちないし、そのままにしていたら布地がすぐいたむ。和紙を畳大の板に貼りつけ、糊を刷き、さらに和紙を重ねて乾かす。それを数回繰り返す。敵機来襲の度にその重い糊だらけの板を物陰に隠す。白くて光るので遠距離からでも容易に目標になるらしい。お互いに慌てるため仕上げ間際にぶつかって疵物にする。乾き上げるのが一苦労であった。軍直属の監督は厳しく、班ごとに成績が公表された。棒グラフの高低で愛国心が量られるようで昼休みもなかった。糊を落とす時間も惜しんで働いた。

或る雨の降りしきる日、トマトの配給があった。班を代表して受取りに行った。毎晩の空襲と休みなしの作業で疲労しきった目にトマトがまぶしく並んでいる。一盛りをありがたく作業用前垂れに包んだ。事務所からずぶぬれになって走っていると、あっという間もなく水中に落ちた。空き地の隅に大きな防火水槽があった。低い土地のため雨量が多くなると近くの田圃の用水が流れ込んできて、道がわからなくなってしまう。承知している筈の大きな水溜めに滑り込んだのである。セメントを使わず粘土性の地面を掘り下げただけの水槽なので、焦るほど滑る。両手を使えば簡単に上がれるのに、片手は班のトマトを前垂れに包んでいるため放せない。やっとのことで這いだしたが、髪の毛まで泥水を泳いでしまった。無疵のトマトを班に届け、監督さんに宿舎に戻る理由を告げたら、事務所の人達は声をあげて笑った。

泥水につかった衣服をぬいだが、洗い落とす一片の石けんもなかった。

トマト赤し少女の頃は国愛す

寒暁の灯

父は、私が尋常小学校五年の時に北支戦線から帰還し、四年目の冬再び応召され、永遠に旅立ってしまった。兄妹七人中、小学校卒業式、女学校入学式に父が参列したのは私の時だけである。短い月日であったが、父の慈愛を存分に注がれた娘であったろう。決して甘やかされたわけではなかった。箸の上げ下ろしから返事の仕方まで細かく注意され、むしろ妹達より厳しく躾をされたが、私は一度も反発を感じたことはなかった。

小学校入学以来、虚弱であったが周囲からは優等生を期待されるため苦痛の日が多かった。心身の均衡がとれてない故か些細なことにすぐ泪ぐむ子であった。何事にも大真面目にたち向かっては傷つきやすかった。父はそんな私を理解し応援してくれ、県立の女学校へも入学できた。

昭和十五年冬、受験勉強した思い出はなつかしくよみがえってくる。私の家庭教師は父であり、何どきでも応じてくれた。診察時間に押しかけて患者さんに迷惑をかけたこともあったろう。その頃の私は極度の緊張をかさねた故か自律神経がおかしかった。机にしばらく向かうと正座していられなかった。そんな時、早々に寝た私は朝三時に起こしてもらった。疲れきった父を目覚し時計代わりにも使ったのである。シロップを加えた葡萄酒を少々飲ませてくれた。五臓六腑に沁みて、新鮮な血液が活動しはじめる。私は朝型であった。勉強部屋には、火鉢も炬燵も決して与えられなかった。悴んだ手を擦り合わせながら、本をめくり鉛筆を走らすのである。寒暁の星はまたたき、川向こうの水車はやすまず廻りつづけている。茶の間で一服する時は楽しかった。父はたやさず炭をついで心なごむ話題をそなえてくれた。質問に待機している父は、静物をスケッチしたりしていた。

霜のきつい夜半にかぎって急診を乞われる。山村の一軒きりの開業医であったから、絶対応じねばならなかった。帰宅して白衣のポケットから大きな柿をつかみ出し、「霜を被った柿は甘いぞ」と剝いてくれた。激職にあった父に、私は兄妹中で一番面倒をかけたが、何かとウマが合い、冬の夜、父と娘の対話を重ねた。人生五十年、ぎりぎりまで働きづくめの父の睡眠をさまたげたことを切に詫びたい気持ちである。

菊の露

勝手口を入るとただならぬ緊迫感がみなぎり、大勢の人の履物が並んでいる。部屋に入ると真っ白に貼り替えた障子がさん然と目に沁みた。菊の香が家中に満ちている。来るべきものが再び配達されたのだと思った。

　昭和十四年北支戦線から帰還した父は、村医に戻って忙しい日々であった。朝は日の出前から草刈着のまま早々と診察を乞われる。待合室にあふれる患者を立ちどおしで診ても、食事にありつくのは昼過ぎて二時、三時が常であった。往診は夜半までかかり、日曜祭日なしの二十四時間労働に等しかった。村の戸数からいっても二人の医者は必要かと思われた。その他公職も多く、すさまじい明け暮れであった。

　町の女学校に通った頃、私は下校ベルが鳴ると友達と別れて町の薬局を片はしから駆けずり廻った。薬が手に入った日は自転車踏むのも軽かった。町から家まで十三キロ、それもひたすら上り坂を帰るのである。たった一人、夕星を頂いて黙々と我が家に向かう。暮れなずむ門辺で父は不安げな微笑をうかべて、私の帰りを待ちのぞんでいた。

　昭和十八年早々、再度の応召を予感した父は、薬を止めようと決意した。「負けるものか、負けてたまるか」と必死の様相で耐えていた。

　この薬は、当時医師看護婦の間で使用されていた。疲労が恢復し気分が爽快になるため量がふえ、結局薬なしでは過ごせなくなる。薬を断つことは並たいていの意志ではできないことであった。国難の一栖にならんと、我が体と心に棲む鬼をついに自力で追い出した。根っからの士族であった父は、国家一大事の時、戦場におもむかねば男の面目がたたぬ、その一途な気持ちで薬から逃れきったのであろう。

秋気きわまる菊の季節、すっかり全快して菊池神社に祈願に行った。神前で一身を国難に捧げまつると誓ったのではなかろうか。父の誠意を聞き届けられたかのように、その刻自宅に赤紙が舞い込んだ。さっそく電報を打った。山鹿の湯宿で雑念を洗い流し、生死を超越した風貌で意気揚々と帰宅した。寸刻を惜しんで患家をめぐり、出発の前日は徹夜で患者さんの薬を調合していた。

昭和十八年十一月三十日、再度軍医としてビルマ戦線に参加し、終戦間近の七月三十日戦死した。父の埋骨地ビルマのシャン高原は千メートルから千五百メートルの高地で、温和な気候に恵まれ、水田耕作、牧牛など営む勤勉な農民が住んでおり、村人の生活の中心は寺であり、大方は熱心な仏教徒であると聞く。埋骨地にやさしい草花が咲いてくれればと想う。

障子貼り替えの頃になると、再び還らぬ父の門出のフィルムが鮮明にうかんでくる。

錆びた刀

昭和二十年三月、女学校の卒業式は形ばかりに行われた。証書授与式の最中にも敵機来襲を受け慌てて壕に駆け込んだ。そしてその年の八月十五日、大戦争に終止符が打たれた。日赤看護婦に志願しなかったことが、今更のように口惜しかった。

終戦後の不安な明け暮れ、父の生命あることのみ祈った。ボロボロの服をまとってジャングルをさまよう姿を度々夢にみた。その頃駅に立つと、まぎれなき風采の復員兵が目にとまり、「御苦労様です」と頭を下げ続けた。とくに外地から帰還したらしい南方焼けの人には、思わず後から追いすがって、「どちらからお帰りですか」と聞きただすようになった。満員電車の中でも、「ビルマ」と一言でも耳にしたら、どんな人波も押し分けて父の消息を尋ねた。

私達の住む山村にも、敗戦後のデマは次々に流れてきた。軍都として著名な熊本、久留米をむすぶ道路が走っているため、ジープや馬鹿でかい軍用車がひっきりなしに通っていた。私は二階の窓から石を投げつけたい衝動にかられた。そんな時でも恐ろしい無法者の靴音が家の中までずかずかと入り込むかも知れないのである。私はじっとしていられなかった。どうしても敵国人に渡せないものがあった。それは、父の刀剣である。家の内外で心乱すことがあった時、端座して刃先を凝視している父の表情はきびしく澄んでいた。父に万一のことでもあれば、掛け替えのない遺品である。父の魂そのものである。何本かの刀は当然村役場に納めさせられたが、大事にしていた数本の刀は命に換えても隠したいと思った。

その頃隣組の常会は頻繁に行われた。私は冷静さをよそおって片隅に出席した。「刀剣類を隠匿している人は、近所の迷惑にもなるから一本残さず出してくれ」ときびしく催促された。父の愛刀家ぶりは近所衆の知っていることである。どんな所に隠していても磁石を使って捜索されるとか、敵国に連行されて重罪を受けるとか、みんなの目は鋭く私に集中した。私は如何なる責め苦にあっても、父の魂を差し出すわけにはいかなかった。

　終戦の年の冬、初雪の積った夜に兄と二人で決行した。出入りの口固い大工さんに作らせた木箱に刀剣を詰めた。私の細腕では簡単に持ち上げられない重さである。人通りの絶えるのを待って午前二時頃しのび出た。足袋はだしで雪の道を急いだ。指が悴んで持ち替えることも難儀である。山道にさしかかった時、軍用車が次々に走ってくる。まさしく神慮である。寒月に照らされながら、わき目もふらず坂道を登った。時々枝に積った雪がばさりと落ちて驚かす。

　やっと墓地に着いた。すっかり安堵して体中がぽかぽかしてくる。何の障碍もなく目的を達したのである。雪の上にひざまずき合掌した。大粒の涙がとめどなく溢れてくる。父が帰還したらどんなに喜んでくれるかと思うと、たとえこの密事が発覚し罰されても私は本望であった。納骨堂の扉は凍ってなかなか開かない。石の軋みにさえ気を配りながら刀箱をやっと納めた。先祖の眠る石の室は冷々と静寂であった。帰り道は十七歳の娘に戻って足がすくんだ。マントを頭から被り、一目散に駆け下りた。何回も滑り転んですり傷の血が滲み出ていた。

　待ちに待った父は帰ってこなかった。父の三年忌に墓参に行ってその刀箱を開けてみたら、湿気で錆びて鞘を抜くこともできなかった。刀の生命も潔く絶えていた。父の埋骨地ビルマのシャン高原に刀魂も静かに眠っていることであろう。

竹の皮剝ぐ

兄は終戦の年の九月に復員してきた。二十歳に間があるのに、身も心も栄養失調で老兵の風貌であった。除隊が決まってから、得体の知れない高熱と、ひどい皮膚病にむしばまれ衰弱しきっていた。裏口から、「只今戻りました」と入ってきて風呂場で衣服全部をぬぎ、煮沸消毒してくれと言った。一握りの金米糖と乾パン一袋を敗戦土産だと言ってひろげた。惨めであった軍隊生活のあれこれをおもしろくかなしく語りつくした後、医師になることを覚悟したようである。

きちんと片づけた自分の部屋の入り口に色即是空の貼紙をして籠り、家族にさえほとんど口をきかなくなった。時々山畑に誘ったりしたが、やはり不機嫌で根気がなかった。敗戦ボケの頭を蘇生させる苦悩ははためにもつらかった。

二十一年春、無事医学部の予科に入った。学生寮は久留米の五十三部隊の兵舎跡で、天井もない無味乾燥な建物であった。入学の前日、家から七里半の道を兄とリヤカーで荷を運んだ。まだ舗装されていなかったので全身埃まみれになり、水と甘藷腹でも気分は爽快で疲れを感じなかった。寮の門の桜が七分咲きの見頃であった。遺児になっているとはつゆ知らず、消息不明の父の微笑が桜の花にかさなってみえた。帰りは一人で空のリヤカーを曳きながら、とぼとぼと這うようにして戻った。家に着いた時、母の顔は青ざめ、こわばっていた。「復員局から戦死の内報があったが、公報がくるまで兄さんにはふせておこう」と母は言った。

夏休みに入って正式の知らせがきた。支那事変から大東亜戦争へ軍医として忠実に奉公し、終戦二週間前に戦死するなんてあまりにむごいことである。父は雪月花の宴をこころから楽しみ、人の顔をみたら酒盃を交し、一升酒に泰然と詩を吟じ、短い生涯をゆたかに過ごしたため、蓄えには無縁であった。一人息子の兄が念願の医学校に入った日に、一家の支柱を失ったのである。たちまち無収入の生活がはじまった。家の中のめぼしいものが次々と消えていった。

兄の同窓はまことに多彩である。海軍兵学校、陸軍士官学校から転身した秀才組、職業軍人出身で三十過ぎの女房子持ち組、浪人組、中学から真っ直ぐ入った組、何れも生き残った喜びと、学究生活に戻れた希望のまなざしが明るく澄んでいた。私はおはぎや巻ずしを作ると、重箱に詰めて寮生の空腹見舞いに行った。かたくな過ぎたのか、貧し過ぎたのか、ロマンスの花はついに咲かなかった。その頃学生寮の板壁には、闘魂という文字がやたらと刻まれていた。

夏休みに入ると、兄たちは校友会の世話でアルバイトをはじめた。乾魚売りである。蓬髪に麦藁帽子で、「必要でしたら買って下さい」とぶっきらぼうに一声かけては歩き出すので、まるで売れない。仲間にはかつては凜々しい士官殿もいる。物を売る格好のつかないのが当たり前であろう。とうとう黴がきて大損であった。

次は石けんを持って家に戻ってきた。私も手伝った。一山越えて、顔見知りのいない村々を歩いた。大きな風呂敷包みを持って兄の後をついて廻るのである。時折、過ぎし日の生活を知っている年寄りに逢えば「戦争さえなかったら……」と泣き出される。手作りの草餅などをもてなされたら、売り物の石けんを進呈して早々にたち去った。一握りの菜っ葉もただではもらいたくない気持ちであった。お恵みに甘えては、くじけると思ったのである。人情がかえってわずらわしかった。兄妹二人、生まれてはじめての小商いに精を出した。どうにか石けん箱は空になったが、売り上げを決算したら元銭にも足りなかった。

新学期早々、兄は過労から微熱を出すようになり、二カ月休学した。当分筍生活するより仕方がなかった。亡父の汗して求めた大事なものを、相手方の言いなりに売らねばならなかった。雷雨に打たれながら、真剣に生活のことを考えてアルバイトしたことが、遠い日の痛快な思い出として兄妹の絆を温くつなぎとめている。

雨七夕

季節の折々、目に触れるものを鮮やかに賑やかに運んでくる。朝顔苗、金魚、風鈴、虫籠など生活の変わり目に敏い子供達である。掃除がすんだ頃、廊下にさらさらと引きずる音がした。

「やっと笹が手に入った」と満足そうである。枝は何とか青みが残っているが、葉はすっかりしおれている。毎年のこと、過去のあまりにも清々しい思い出がよぎって、枯笹を飾ることをためらう。「明日は七夕さんだ」とはりきっている子供達には相すまない。

遠き日、父の繊細な筆書きの牽牛と織姫の絵に、私達の溌剌と揮毫した習字をさげ、膳いっぱいもぎたての野菜果物を飾り、山帰来の葉に包んだ饅頭を供えた。七月六日朝早く起きて里芋の露をあつめに行く。うっかり葉を傾けると、銀の珠玉はあっけなく土中に消えてしまう。やわらかな広葉を上手にゆすれば、仁丹をちりばめたようになり、くるくると窪みにまとめて大粒の露をコップに移す。芋の露をつかうと墨が濃くなり筆つなぎがよいという。それから清流に膝までひたり髪をすすぐのである。辺春川の上流が家のすぐ下を流れていた。髪の一すじ一すじが瀬音にきよめられる。その頃は蛍がまぶしい程棲み、河鹿が鳴き、すくって飲める位水流が澄んでいた。夜は短冊に思い思いの願いごとを書き列ね、部屋中五色の紙片や金銀の星屑が鮮やかにちらばり、初物の果物の青くさい甘ずっぱい香や、墨の香が葭戸越しにただよっていた。七日早暁、目にしみるばかりの白いこよりで配色よろしく短冊を笹に結わえつける。例年のことであるが、門の向かいにそそりたつ崖を滑って真っ青な竹が降ってくる。篤農家の麻吉さんが、いちいち頼みに行かなくても、枝ぶりのいいのを選びぬいて剪って下さるのであった。大事な願いごとほど笹のてっぺんに結ったりして、夏暁の空に一番乗りをあげたいのである。吹きとぶかも知れないささやかな願いごとの短冊を高く高く天へ近づけてゆく。体中涼気を吸い込んで、ふかしたての山帰来饅頭を頂くのが楽しみであった。

終戦の翌年のことである。七夕の朝、小学生だった妹は友達と誘いあって、山帰来の葉を摘みに行った。その頃は煙草も不自由極まる時代で、山帰来の葉を陰干して刻み、煙草代わりに喫う人がいたため、容易には摘めないのである。ずい分奥まで足をのばして、山の露にびしょぬれになり、擦り傷だらけで戻ってきた。七夕さまにお供えしてあやかりたい一心である。母は着物を売って金をつくった。ところが仏壇の抽出しにしまっていた筈の金がなくなっている。そのため米の粉も小豆も買いには行けなかった。

医大の予科生だった兄は、その頃初恋をしていた。朝早くから姿が見えない。「太宰府まで行ってきます」と書き残してあった。織姫に逢うことが切実に大事であったのだろう。妹の泪で星逢がかなったかどうか、身勝手な兄を憎む気はしなかった。復員し、かろうじて生を得た若者が、腹を減らしてもハシカのような恋に殉じたことが、私にはほのぼのと楽しい想い出である。

今年は雨七夕であった。子供達にも、ふる里の渓間にしっとりと揺れている七夕笹を、何時の日か見せてやりたいと切に念じている。

山 帰 来 の 実 や 八 女 訛 温 か し

蒔いた豌豆

終戦の日に学徒動員の任務を解かれた。生き残ったことがただただありがたく、竹槍を捨てて鍬を握った。土にまみれ汗水を流し、過ぎたことを悔いないことにした。

手はじめに庭の花壇をつぶして南瓜の種子を蒔いた。湯殿や厠の屋根、桜、松、柿の木等にも蔓を這わせようと思った。ところが大樹の根っこにことごとく肥料を吸われ、折角実を結んでも、こぶし大でぽとりと落ちてしまった。それでも三十個程の収穫があった。大抵は実のしまらぬ青くさいうちにもいで朝夕の膳にそなえた。秋になって枯蔓を片づける時、思いがけぬでっかいのが隠れて成熟していたのである。これはまさしく栗ナンキンの味がした。

トマト、茄子、胡瓜も植えた。その他次々にもらい苗を雑居させた。米のとぎ汁をかけたり、竈の灰をまいたり、肥をうすめてほどこしたが、なかなか思うとおりに育たない。葉先が縮んだり、やたら丈ばかり伸びて、花がつきはじめたら立ち枯れする始末である。どこかで手順が間違っているのであろうかと農家の人に診断してもらったところ、土質が畑に適していないと言う。骨折り損であった。菜園作りに憑かれてしまったありさまに、山の畑でよかったらと貸してくれた人がいた。膝が沈むほどの雑草を抜き、荒れ放題の段々畑を二枚整地した。

十月の中旬、農家では豆蒔きをはじめた。私も豌豆を蒔いた。一尺ほど間をおいて浅く土を掘り、三粒ずつ埋めてゆく。やがて芽を出し花が咲き実を結ぶであろうと、毎日絣のもんぺを穿き、一目散に山の畑にかけ登った。「たまには家に落ち着いて嫁入り前の娘らしい風采をなさい」と母にひきとめられたが、一本の雑草さえ気になったのである。ところが幾日経ても芽を出さない。途中で見かける豌豆の芽はすっかり出揃っている。日々寒さに向かい初霜を被りながらも、可憐な葉は緑を失わず耐えている。「きっと山兎か野ねずみのいたずらだろう」とおそるおそる掘りおこしたところ、少し水ぶくれはしているが、確かに豆粒は埋まっている。その理由はまことにうかつであった。収穫した後種子用を別にして、残りの豆は虫がつかないように蒸して、乾燥して保存するそうである。私は、食用として頂いたものを植えつけたのである。又しても素人百姓の失敗で徒労であった。何時までも地面を遊ばしていると思われたことであろう。再び耕して芽の生きている豆を蒔いたがおそい収穫となった。肥料が多過ぎたのか柄ばかり大きくなり、実は少なく瘦せていた。豆類は構い過ぎてもいけないそうである。

この畑の山は城山といって、昔小さな城が建っていた跡である。東に下れば狸穴、西に下れば熊の川という地名で呼ばれている。狸の一族が棲んだ時代もあったのだろう。当時山兎はよく見かけた。灰色の毛をした目の黒い兎である。兎や小鳥たちにとって、宝庫といえそうな山であった。四季楽しめるものが実った。小学校時代の私にとって、城山は母のふところのごときであった。岩清水をごくごく飲み、藪椿や山つつじの蜜も啜った。木苺、ぐみ、里柿、ささ栗、通草の実、野葡萄、椎の実など次々に恵まれた。誰もが自由にもいだり、拾ったりできた。古い桑の切り株に生える「桑ナバ」が好物であった。炭火で焼いて生醤油で食べるのである。城山の奥へのぼって頂上に立つと、晴れた日は阿蘇の噴煙が見えた。

幼い時から車に酔い、人ごみに酔い、晴れ着のナフタリンの匂いが嫌いであった。生まれながらに山の空気が肌にあったのであろう。この度帰郷したら、城山へも車道ができ、筍も蜜柑の収穫もらくらくと運び下ろされるそうであるが、清澄な空気はどこへもとめたらいいのであろうか。

桃の節句

長い戦さによる空白が、こよなく美しかった雛祭りの想い出をかすませるのである。

私の出生は、父自らの理想の女人像を描き望まれての女の子であったとか。菱餅を配り装束雛一式を飾って初節句を楽しんだそうである。母の古い覚え書帖に羽子板料五拾銭也、参拾銭也と祝儀が書き残されている。それからふたつぶせに妹が連なり、雛の宵には振り袖を着せられ、往診をすませ遅い夕餉をとる父の前に官女の如く居並んだ。姉妹次々に朗読したり、歌ったり、小学芸会が始まるのであった。

桃の節句にちなんで、白露のごとき思い出がある。昭和二十二年春『無憂華』の歌集に導かれて家を出たことがあった。戦死した父を弔うため、仏門に入る決心をして山寺に籠ったのである。そこにはビルマ派遣僧の留守家族が住んでおられ、食糧事情最悪な頃なのに温く迎えて下さった。山の中の一軒家で、日中は畑を耕し、夜は読経をして暮らした。山兎が遊びに来、夜更になると狐の鳴き声さえ聞こえてきた。電灯もなければ、井戸もなかった。水は長く険しい坂を降りたところの湧き水を使うのであるが、バケツ一杯の水を運び上げるのも容易なことではなかった。三日に一度の野天風呂は楽しかった。満天の星を仰ぎ、月を浮かべ、木の葉が泳いだ。

二週間もたつと濁りきった人里に帰りたくてたまらなかった。そんな折、思いがけぬ人が訪ねてくれた。父方の遠縁に当たる人が突然目の前に現われたのである。山畑には桃の花がふくらみ、露がまぶしく光っていた。「桃の節句だね。お母さんが心配している。山を下りよう」と言ってくれた。彼は学徒出陣の特攻隊の生き残りであった。あれから二十余年、桃の花を浮かべたお酒をかぐ時、温いものがふっと胸の中を掠めるのである。

私は今、一人娘との節句を水入らずで楽しんでいる。淡い色調で描いた雛の軸を掛け、大内人形を赤いふくさに並べ、桃の花を一枝瓶に挿す。器用な娘は鋏と糊と千代紙を持ってきて、せっせと雛を細工して賑やかにする。

早春の雛店に立ち寄ると、うっとりと魅せられるのがあっても、その高値には後ずさりしてしまう。せめてお雛様の姿に気品と素朴さをそなえた、人形師の魂がのり移ったようなのが欲しいと思っている。

雛あられを頬ばりながら、来年こそはと手の届かない夢を見つづけるのである。

蛍火

昭和二十二年、義務教育が六・三制に変わり、村にも中学校が建てられることになった。その頃農村は景気がよく、他所に先駆けてみごとな木造の校舎が建った。落成記念として校歌が募集された。

私は女学校三年の頃手ほどきを受けた、短歌を詠むことにひたすら楽しみを感じていた。「ひのくに」「やまなみ」の支部歌会にも時折参加した。その頃は山畑を耕す明け暮れで、夜は疲れ果てて早寝した。或る晩一眠りした後、真夜中に目覚めて書きとめたものを翌朝読み返してみると、校歌の規定をなしている。はじめての作詩であり、応募する自信はなかった。ところが中学生の妹が勝手に投稿していたのである。そして思いがけなく私の詩は校歌に選ばれた。旧福岡高等学校の先生穴山孝道氏（後九大教授）の選であった。

純真な生徒たちに一度は覚えられる名前になった。本気で詩を学びたいと思った。父の蔵書の中から、蒲原有明、河井酔茗、山村暮鳥、三木露風、薄田泣菫、室生犀星、与謝野晶子などの詩を繰り返し読んでは、好きな詩語を抜き書きした。そんな折ふっと誘発されて詩らしきものを書きためた。

私は穴山氏に礼状を書いた。ほとばしる感激をおさえてペンを走らせた。二十三年初夏のことである。末文に蛍見のお誘いをした。「山紫水明の村でございます。夜は蛍が眩しい程光って、焼跡の街よりずっと明るいかと存じます。清流のせせらぎや河鹿の声もお慰めすることでしょう。お気が向きましたらお出かけ下さいませ」と結んだ。折り返し封書が届いた。「小生は『心の花』の同人で万葉集の研究に生涯をかけています。近いうちに蛍の村を訪ねてみたい」ともらされていた。私はひそかに心待ちした。

夕立の後、門辺を掃いていると、品のいい風貌の人が近づいてきた。福岡から十七里も離れた山峡の村へ、木炭バスに揺られて本当に訪ねてこられた。甘藷御飯に、竹輪と春菊のすまし汁、鼈甲色をした高菜漬で夕食をとって頂いた。私にとって最高の賓客に一汁一菜の貧しい膳であった。

その夜蛍見に出かけた。息するにとまどう程の明滅であった。福岡空襲で住居も家財道具も一切焼失され、学生寮の一室で生活されている様子だった。「研究資料だけは無事でした」と語られ、学者として大事なものを失われなかったことが、かくもゆとりある表情を保たせるのであろう。書きためた詩や短歌に丹念に目を通して頂いた。「道を歩きはじめたら歩きつづけることです」と何度もつぶやかれた。

翌春、私の方からお訪ねしたところ、四方積み上げられた本の中に埋まるように端座されていた。愛蔵書に囲まれての話しぶりはいよいよはずむようであった。万葉の一首一首が蛍火のごとく息づくのであろうか。

椿の髪飾り

仏門に入ろうとした私を引き戻すため、母は村の小学校に頼まれていた教職の椅子を用意した。

昭和二十三年春、代用教員として勤めだした。小学校の先生はむずかしいものである。全課目教えなくてはならない。県立の女学校を出たとは名ばかりで、「風船爆弾」作りで卒業したのである。全うな勉強もしてないうえに、私には不得手なことが多かった。算数、国語、社会、理科などは予習して何とか教える格好がつくとして、図画、音楽、体操の指導は困ったものである。手本を示す技倆はすべて自信がなかった。先ずオルガンが弾けない。音符が読めない。片手でやっと弾けるようになっても、子供達の大合唱にたちまちつまずいてしまう。歌に後れてオルガンを奏でるというおかしな現象に、隣の教室から笑う声が聞こえてくる。「私はオルガンが弾けないから手拍子で歌いましょう」と素直にあやまって、一節一節歌いながら教えたのである。「戦争、戦争で今まで勉強できなかったので、皆さんと一緒に一からやりなおしです」と初対面の時、真剣に挨拶したことが通じたのか、失敗ばかりしても授業拒否の目にはあわなかった。

窓いっぱいに青空の日は、教室にじっとしていられなかった。「先生、今日は城山へ行こう」と一人の子が言い出すと、異論はなかった。みんな素早く山登りの仕度をする。腰に弁当を括りつけ、雑嚢を肩にかけて草鞋を履いている。私の授業は青空教室が多かった。スケッチする子、作文する子、山を駆け巡る子、それぞれ得意なことをして実に生き生きと楽しそうであった。私はその頃髪がゆたかで三つ編にして両肩に下げていた。子供達は競って藪椿や山つつじを髪にさしてくれ、「先生はお姫さんのようだ」と言ってくれた。山上で合唱したり朗読したり、ほんとうに楽しかった。れんげ田で相撲を取ったり、小川で目高掬いに夢中になり、私が水中に尻もちついた時、男の子達が手をたたいて喜んだ。

このような教師を担任に迎えた子供達に、如何にして埋め合わせしようかと努力した。掃除好きの私は、腕をまくり裾をからげて、いっしょに廊下をみがき、窓硝子を拭いた。各自の机の横に千代紙を貼った三角の屑籠を下げさせた。曜日を決めて子供たちの爪を切ってやった。その時の鋏はいまも筆箱に入っている。男の子が教室の柱に数本の竹筒を吊り下げた。女の子達は挿しかえるには惜しい位、次々に朝露を含んだ切り花を活けた。放課後すがすがしい教室に、自由に居残った子供達と共に復習し、夕暮れの畦道を、それぞれの家の見える所まで送ってやった。

みんなに作文帳を配った。父親に戦死されて母親が野良仕事を二人分働き、ほとんどかまってもらえず少しひねくれた子も、内気で返事もろくにしなかった子も、作文帳の中では何とのびのびと話してくれたことか。すばらしい詩があると、私は西日本新聞児童文芸欄に投稿した。活字になると、そのことが又励みになって一年間に作文帳数冊書いた子もいた。

「うさぎ追いし彼の山、小鮒釣りし彼の川」この歌を唄っていると胸の奥がじーんと熱くなる。終戦後のどさくさまぎれの時に採用され、貧乏くじを引いたのは、三年一組の三十一名の子供達であった。

甘藷づくしの頃

「奥さんいるかね」荷車を曳いたおばさんの声がする。季節の野菜や果物を門の前で分けてもらえる。今日は間に合っていると思っても、やはり一応はのぞきにゆく。昔とちがって胡瓜、トマト、茄子など、年中見られるようになった。出盛り時はぞんざいに笊に投げこまれ、大ざっぱに商いされるが、旬はずれになると木箱に入り、個売りの扱いも丁重である。私はワサ物好きである。はしりの頃は財布をはたいても買いたくなる。若茄子の汁を作ったり、一握りの蕗を煮てはその香りを楽しむ。食が細いので、目先の変わったのを少し頂きたい。枝豆、唐黍、茗荷の子、これらは季を外すとたちまちその姿は消えてしまう。早掘りの甘藷が出はじめた。私のふる里では「からいも」と呼ぶ。薄紫色のまだ可愛らしい甘藷を見つめていると、戦後の食生活が思い出される。

その頃甘藷は主食並みであった。私は村の小学校に代用教員として奉職していた。甘藷粥で教壇に立ちながらしばしば目まいがして、啄木調の歌を幾首か詠み残している。農家の広い土間には供出用の馬鹿でかいのがごろごろしていた。沖縄百号なる品種であったと思う。量さえあれば間に合ったのである。消費者の空腹はありがたく受けつけた。教え子の家から時々頂くことがあったが、その味はまるで違う。自家用は特別なのか、練りのきいた羊羹のように甘く感じた。

村医であった父は戦死していたので、もはや村人には無用の遺族であった。「甘藷を売って下さい」と頼みにゆけばお金を取ってくれない。「先生（父）には大へんお世話になりました。御恩返しです」と言われれば、その家には二度と足が向かない。物乞いのようで亡父の徳にあやかるのは心苦しかった。態のいい防波線を張られたような気がした。隣接した町から、闇商人が来ては値を吊り上げて帰るので、顔見知りには売りたくないとも言う。腹を立てても仕方がない。

耕す土地が欲しいと思った。祖父の代にあったわずかな山林は管理がわずらわしいと手放し、医業一途の生活であったため、閉院した後の生活はまことに酷しかった。土曜日は村外へ買い出しに行った。以前女中であった人が、山を越したところの大きな農家に嫁いでいた。衣類さえ持ってゆけばいろんな食糧と交換してくれる。父の使い残した医薬品も役に立った。葡萄糖や重曹類が重宝がられた。買い出し姿を教え子には見られたくなかったので、日暮れを待って手探りで山道を帰ってきた。岩石のごろごろした狭い道であり、大江山はこうだろうと話し合った。学生寮から餓えて戻ってくる兄と二人でこの難業を続けた。それほど苦労して得たリュック一杯のものが、多兄妹のため土曜から日曜にかけて消えてしまうのである。

或る時、非農家の切望で村有林が伐採され、山畑として無料で貸してくれることになった。申込みを躊躇したので、一番てっぺんの畑しか手に入らなかった。開墾しなくてはならないが、松林であったため、一つの根っこを掘るのに一日掛りの時もある。遅々として捗らない。土を起こす度にみみずに驚き、掌のまめに泣きながらようやく畑らしくなり、農家の植え残りの甘藷苗を分けてもらった。農芸の本をひっぱり出し植え方を調べた。立植、平植、舟底植といろいろある。収穫は少いが高い山畑には立植が向いている。日照りがあっても、土が滑り落ちても立植にしておけば何とか枯死しないようである。平地のは早や青々と繁茂しているのに、私の植えたのは一枝がすっきりと伸び痩せた赤土がのぞかれる。心がけて堆肥を作ったり、竈の灰を運び上げた。教壇に立つ合間を利用しての農作業である。本職の人の倍苦労しても、三分の一にもみたない収穫であった。

お盆過ぎになると土がこんもり盛り上がり、やがて亀裂ができる。私は思わずその蔓をひっぱった。お手玉ほどの初甘藷を掘った時の喜びを今も忘れない。涙ぐましい勤労で得たものである。農家の人の売り惜しむ気持ちがわかるような気がした。土いじりするようになって、村の人々の目がやさしく向けられた。毎朝午前四時に目覚しをかけ、天辺の山の畑まで駆け登るのである。朝露にずんぶり濡れながら、まるで土につかれたように親しんだ。山道には桔梗、女郎花、竜胆が点々と咲いている。朝霧が膝下を流れる。陽が昇る頃、落ち葉をかき集めて甘藷を焼いた。その美味しさをもう一度かみしめたいものである。こぶりなりに甘みがあり、ほくほくしている。頭を下げつくして、もとめたものではなかった。

初秋の風に乗ってくる屋台の焼甘藷の匂いも、だんだん珍重なものになりつつある。

がめ煮

私の育った土地は旧柳川藩であるが、有明海からもっとも離れた山村で、海の幸より山の幸に恵まれていた。そのためか今でも山菜料理が体質になじむようである。

年中行事のほか、人が寄れば必ず欠かせないのが「がめ煮」である。村の人々にはこの「がめ煮」と酒さえあれば宴会の格好がつくのだ。村人のおおかたは客好きの気風があり、何かあると一族集まるのである。右向いても左向いても濃く薄く血がつながっているとあれば、たちまち掘りたての牛蒡、人参、里芋、蓮根などが届けられ、土間にどさどさと転がされる。濡れた土の匂いがむんむんする。蒟蒻も自家製である。店で売っている矩形の肌ぎれいなものと違って、手でまるめ不格好であるが、しこしこと妙味がある。干し椎茸もさっと洗って水に戻すが、その浸し汁が大事である。牛蒡も里芋も泥だらけだが店先の洗ったものとは味が違う。これらの野菜を手分けして、洗ったり切ったりの下ごしらえのひと時、世間話に花が咲く。網の目のようにつながっている縁者どうしのためか、噂すれば筒ぬけであるが、いちいちこだわらない。

私の家ではことある時、必ず来てくれる重宝な「男手雑用係」の人がいた。「蔵さん」といって何をやっても器用で、浪花節がうまく、謡の声は朗々と力がこもって筋がよかった。この道でたっていけそうな声の主であった。四季折々庭の手入れを頼み、屋根の雨もりの修理、年末の餅搗き、見事な門松には父もほれぼれと満足したものである。買い出しも引き受けてもらった。何であれ、やればとことん念が入り、仕上げが美しかった。安心してまかせられたが、働き者の一面、気が向かねば何日も不精を決め込んでぶらぶら過ごすのである。妻もめとらず家財道具一切もたなかった。あちこちより声がかかっては大事にされ、酒肴にはありつける。その「蔵さん」は鶏解剖の達人であった。あっという間の早業で内臓をはずし、ささみはそぎとって燗酒にさっとくぐらせ、生醬油つけてつまみ食いをする。「蔵さん」はこれが楽しみで鶏つぶしを喜んで引き受けるのである。

昭和十八年十一月半ば、父に二度目の召集令状がきた。入隊日は十一月三十日である。毎夜毎夜祝宴が開かれた。公職の多かった父は幾重にも別れの盃が交わされた。その頃庭の一隅で卵ほしさに飼っていた二十羽ほどの鶏が一羽二羽とつぶされた。お国の一大事の時、わが家の鶏も総玉砕したのである。大鉄鍋に「がめ煮」は切らさなかった。配給酒も不思議なほど持ち込まれ、華々しい送別であった。その時の最後の鶏が悲惨きわまる舞いを見せてくれた。「蔵さん」に首を切られた鶏が、突然川の上をバタバタと飛びはじめたのである。清流の早瀬に鮮血をたらしながら、最後の浮力をしぼって生きようとしたのである。やがて川岸の溝そばの上でこと切れたが、卵をいっぱい抱いていた。

この度の父の出征は再び還らぬ予感がした。宴席では「海ゆかば水づくかばね、山ゆかば草むすかばね」の曲がおごそかに繰り返されていた。私はその後しばらくは鶏を食べられなかった。あの時のもの哀しい耳をつんざく叫び声がやきついてはなれないのである。

予感は的中して二度目の応召で父は戦死した。鶏つぶしの達人「蔵さん」も終戦近く板付の飛行場に徴用されたまま再び村には戻らなかった。茶の間の火鉢を囲んで、「蔵さん」から繰り返し聞かされた、やまんばや狐にだまされた話などもなつかしい思い出となってしまった。

奇縁墓

終戦の年に亡くなった父の骨箱(空)は、家紋の違う古賀家の納骨堂に仮安置したままである。祖父古賀覚三は士族の次男に生まれ、分家して医者になった。そして旧家でおっとり育った金子エミを妻に迎えた。小柄だが、気性の激しい覚三とは対照的であった。その間に生まれたのが私の父である。筑後川のほとりで平穏に開業していれば何事もおこらなかったのであるが、東京へ出たいと申し出た。エミの里では反対がおき、上京を思いとどまらせる策はこじれた。覚三とエミの里方の意地の張り合いで、父は生後七カ月目に生みの親と引き裂かれたのであった。母子の情愛は全く無視されたようである。それから乳飲み子をかかえた覚三に婿養子の話がおきた。熊本の高瀬町で医業を営んでいる石本家の一人娘であった。心根がやさしそうで、連れ子を大事に迎えるということで話は決まった。

当家は、御維新まで細川藩より七百石頂いた槍の指南役であった。不思議なことに十三代の系図は、ほとんどが婿養子である。父の話によれば、殿方からの想いをこめた恋文が幾通か保存されていたそうである。覚三と共に父は石本家の籍に入った。真っ白い顎鬚をたくわえた威厳のある風貌で、毎朝槍を構える岳父の視野のもと、整った家風をじっと守ってゆける覚三ではなかった。七年間精一杯の辛抱であった。

父が小学校に入った頃、再び安定した生活はくずれた。少年時代の父は親類を盥廻しにされたのである。その間も居候の顔はせず、いくつかの武勇伝を残している。寺の庭で友達と遊んでいて大事な植木を折った。和尚の怒りをとくために本堂の屋根のてっぺんによじ登ったり、校長の面前でその息子に馬乗りになってあやまらせたり、決しておとなしい少年ではなかった。県立中学へ往復数里の道を徒歩で通い、下駄がすぐせんべいのようになったという。同窓の田崎広助氏（画伯）と矢部川の鉄橋に立って、将来は絵描きになろうと青雲の志を誓いあったそうである。

その頃生みの親の存在を知り、逢いにゆこうとしたが、覚三は烈火のごとく怒った。「お前さんを生んだ母は、主の生き方に背を向けた者だ。義理をわきまえぬとあれば死ね」と短刀を渡された。その時の覚三のきつい顔を忘れることはできないと父は話していた。覚三は親子間の礼節にきびしく、畳一枚距てて両手をつかせて話をとりかわしたそうである。

石本家を去った覚三は、無医村に入って開業した。人力車に乗れぬ山奥の一軒家でも快く往診を引き受け、薬代はある時払いであった。酒を飲まず、料理にうるさかった。器にも凝っていたので、塗り物の手入れが大へんであった。朝の目覚めが早く、自ら掃除を指揮したりするので、看護婦も女中も長続きはしなかった。返事が少し遅れても、「たった今去れ」と即座に暇を出したようである。祖父は旧姓古賀覚三に戻って、開業した村の堤コトを三番目の妻に迎えた。従順で煮物の上手な女であった。

父が熊本の医学校に入学した時、紋付を着て校門に駆けつけてくれたのは戸籍上の母、石本ヤノであった。卒業まで学資もきちんと届けてくれた。医学校を出た父は、大牟田の三井病院に籍を置いた。数多くのケガを治療し、炭坑夫を相手に度胸もできた頃、村に呼び戻された。

覚三は隠居して気がゆるんだとたんに急死した。義母ヤノは再婚もせず、覚三に少し後れて高瀬の家でひっそりと世を去った。父は石本家を継いだことに満足し、先祖伝来の槍を誇りとした。その槍は菊池千本槍の一本だと言い残されている。

父は、覚三の死後はじめて柳川の城内で侘び住居している生母エミを訪ねた。半身不随で目の見えぬ体になっていた。父は引き取りたいと言ったが、エミは承知しなかった。時折、柳川名産の米せんべいが送られてきた。薄くて淡い素朴な米菓子であった。或る日、金子家から「エミの骨を拾ってくれないか」と通知があった。親の言いなりになったばかりにさみしい生涯を送った生母の骨箱をしっかり抱いて戻ってきた。

父はよく私を身辺に呼び、連れ歩いた。後年父の叔父から、私が父の生母に生き写しだと聞かされ、一すじの血の流れの濃さを思ったものである。

かくして祖父古賀覚三は、姓の違う祖母三人と骨壺を並べている。五十余年もたつ納骨堂は、がたがたにゆるみがきている。古賀家の扇の紋とは別の横木瓜を刻んだ父の墓標をすっきりと独立させたいものである。

芒野を彷徨せし頃

昭和二十五年冬の或る日、久留米の「木村屋ベーカリー」で詩人の丸山豊先生にはじめてお目にかかった。店主は日本画家で、奥さんと清楚な三人の娘さん達で営まれていた。品のよい名曲喫茶で、常連は医大生が多かった。当時医学生であった兄の紹介で、女学校を出たばかりの妹を預かってもらった。昼間は大学の研究室に勤め、夜はレコード係をしていた。私は兄の下宿に住み、兄の世話をしながら商事会社に勤めていた。算盤は下手、事務才能にはおよそ欠けていたが、雑用を進んで引き受け、明るく真面目な社員であった。給料日には、兄妹揃って生活のこと、未来のことを話し合った。

そして妹から丸山先生のことを聞かされた。私は一度お逢いしたくて、時々洗い場を手伝っていた。忙しい明け暮れの暇を見つけては詩作に夢中で、一番できのいい詩を持ち歩いていた。待ちに待った先生はお子さん連れで入って来られた。私は波立つ胸を抑えておずおずと近づいた。「私の詩を読んで下さい」とお願いした。「一度遊びにいらっしゃい」と住居を教えられた。私は早速その夜お訪ねした。書き溜めた詩を風呂敷に包んで、下宿から二キロの道を自転車で駆けつけた。丸山医院の待合室の火鉢にはもう火の気がなかった。看護婦さんは、患者でもない若い娘のやや昂奮気味の様子にけげんな顔をされた。「先生は往診です。何時に帰られるかわかりません」と断られそうであったが、私は待合室に座り込んだ。三時間程たって先生は帰宅された。お疲れであろうに温情込めて話された。「詩を作ることはやさしいが、詩人になるには、全智識を深め、全人格を高めなくてはならない。生涯きびしい道である。それよりお嫁に行って平凡な幸せをつかみなさい」としみじみ言われ、先生の詩集を貸して下さった。私は詩集一冊ふところに抱き、真夜中の凍る道を走った。自転車が霜柱をしゃりしゃり鳴らした。寒い灯にふるえながら詩集を読み返し、一夜ついに眠れなかった。

卒業近い兄に恋人ができ、私は下宿を別にしたいと思った。それまでひたすら協力を惜しまなかったが、私もやりたいことをやってみたいと思うようになった。そんな折、大学の研究補助員の募集が目についた。面接に行くとすぐに採用された。給料は会社勤めの三分の一に減ったが、自由時間があり、校内の図書館を使用できるのが何より嬉しかった。先ず下宿をさがした。「母音」(詩誌)仲間の一人が福祉関係の仕事をされていて、一人暮らしの老婆の面倒をみてくれないかという話がもちかけられた。大分気むずかしい老婆であることを承知して紹介してもらった。一目あって気に入られたのか、すぐにでも越してこいと言われた。私は行李一つ布団一組を運びこんで、昨日まで全くの他人であった老婆との生活をはじめた。気丈な明治生まれの頑固婆様と、貧乏に平気で一人歩きしている娘とはウマが合った。老婆の布団の世話、掃除、洗濯、買い物など手助けし、三百円間代を払えば暮らしてゆけたのである。

丸山先生には御心配を頂き、栄養士か保健婦の資格をとるよう考えてみないかとすすめられた。当時先生より賜った葉書は大切に保存してある。昭和二十六年より二十七年にかけて久留米医大附属病院気付になっている。

御手紙読みました。内部の問題もっと打ち明け、もっと討議するのが大切だと思います。詩は第二義です。もがくということに甘えては駄目、「母音」については再考あれ。

詩稿とお雁書拝掌仕りました。原稿の文字がだんだん綺麗になっていくこと、詩篇にあなたの知性がしだいに滲透していくこと、生の貴重さをすなおに受けとろうとする方向にあること、みんなうれしく思います。

久しぶりにあなたの御顔が見えてほっとしました。御作も拝見、一度ゆっくり現代詩と旧来の詩との相違をお話しましょう。御生活を真剣に。

篠山神社の周辺で、丸山先生を囲んで月一回「母音」詩話会が開かれた。当時中学教師の松永伍一さん（詩人）、職種不明の高木護さん（詩人）、日華ゴム（月星ゴム）勤務の森崎和江さん（詩人）、この三方のことは鮮明に記憶に残っている。

二十余年ぶりに丸山先生にお目にかかってお年を伺ったら、五十八歳だと聞かされ驚いた。あの頃三十代半ばで才気あふれる詩人達を導き育てておられたのである。伍一さんも二十を出られたばかりであったのに、私より年上だと思われるほど大人の感じで、清冽な作品を発表されていた。和江さんには文学書や詩集を次々に貸して頂き、器量も並はずれて美しく、作品も私とは玉石の違いであった。護さんは飄々と来られ、とつとつと語られた。或る日、篠山神社の社殿の中央にゴム長靴のまま大の字に寝てイビキをかいている人があった。やがて起き上って現れたのが護さんで、水枕に詰めた密造のどぶろくをみんなに御馳走された。闇市で買ってこられた新聞紙包みのさつま揚も美味しかった。筑後河原の芒がひろびろと見事であった。

あの頃、母や兄とも音信を絶ち、貧しくて化粧品も靴下も買えず、ダンスなど身がけがれると思う程純情で、恋人もつくれず、暇さえあれば芒原をさまよい、一日コッペパンをかじって下手な詩を作っていた。

二十七年元旦、丸山先生のお宅に集って手料理を存分に頂いた。大鉢に盛られた数の子のまぶしかったこと、あの日の楽しさは生涯忘れられない。いつもの顔ぶれに、一丸章さんも参加されていた。「母音」誌の末席に加えて頂いたことで、悔いのない青春を過ごしたように思う。

後年俳句の道でお世話になった木下夕爾氏も「母音」に関係された由、奇しき御縁と思う。芒穂のキラキラとふれあう音が爽やかに耳の底に残っている。幾星霜過ぎ、篠山神社も筑後河原もあの頃と変わりないであろうが、素晴らしき仲間たちは五十代を迎えようとしている。

からたち屋敷

焦土癒えざる昭和二十七年秋、白菊の香る神前でつつましく婚礼の式を挙げた。重いかつらと衣裳をぬぎ化粧を洗い落した時、私の姓は変わっていた。

西鉄久留米駅から柳川に向かった。水路を覆いつくす藻草に一瞬不安がよぎったりしているうちに、はや柳川駅に着いた。バス道路に沿って一筋の商店が並び、逢う人ごとにのんびりした語調で丁寧に挨拶される。柳の多い静かな城下町である。駅から二キロほど行けば祖母の家がある。城内《しろうち》と呼ばれ、立花藩の士族が住んだ地域である。維新後の士族は貧しかったが、大方の子女は学問に励み、皆それぞれ何かの志を抱いていた。行儀作法にきびしく家系を大事に誇り高く生きついでいる。

表門に立てば広々と田畑が続き、真向かいに鎮守様の森が見え、裏に廻れば掘割の水が流れ、藻のからんだ小舟がつないである。千坪の屋敷にはからたちの垣根がめぐらしてある。藁葺きの低い屋根であるが、一世紀以上は風雨に耐えぬいた棟である。畳数で八十枚は敷ける旧家の主は九十近い祖母である。この祖母（明治六年生まれ）はお茶の水女高師に進んで、生涯婦人向上のためにつくし藍綬褒章を頂いた。小柄ながら凜とした風格があった。「お頼み申します」

と声をかけたい門構えである。拭き清められた玄関の板の間は踏む度にギーと鳴った。床柱も大分傾いている。代々医師の家系で、祖母が常時座っている場所を調合の間と呼ぶ。昔薬を合わせる時に使用した部屋で、この家では一番明るくて庭の眺めがよい。四季折々の花が楽しめるしかけになっている。その部屋に入れば、終日鉄瓶の湯がたぎり、茶菓子が頂ける。

内輪ばかりの披露宴が行われた。使用人をまじえて気の張らない人達ばかりである。祖母は中央に座を占め、酒盃を傾け上機嫌である。柳川の吸い物、刺身はとびきり美味しい。酒宴半ば遠方より来てくれた友人を門の外まで送り、緊張をほぐそうと風に吹かれていた。その時、垣根の裾でかさかさと音がした。新郎はとっさに「柿泥棒」と叫んだ。例年のことだそうであるが、屋敷内に柿の木がたくさんあり、それがたわわに熟れる頃になると、目の届かぬことを知っている者達が、天の恵みとばかりごっそり頂いてゆくという。

どなられて垣根内の大根畑に逃げ込んだ。その時、やはり酔いをさましに出ていた血気盛んな九大生の従兄弟が下駄をぬいで思いきりなぐった。二人が宴席に戻り得意になって捕物話に気炎をあげている時、バラバラと石つぶてが降ってきた。一同びっくりして立ち上がった。主家の一大事とばかり跣で飛び出したが、間もなくたんこぶをつくって引き返してきた。私はそっと垣根越しに覗いて見た。片肌をぬいだ人達が七、八人立っている。「自分らは沖の端の何々組の者だ。よくも泥棒呼ばわりしたうえ、下駄でなぐってくれた。この始末をつけてもらおう。そちらの出方では大勢の仲間が待機している」。

思案にくれた一同は警察を呼ぼうと言い、「仕返しを受けたら後々ややこしい、何とか穏便に話をつけよう」と意見はまちまちである。酔ってない一人が交渉に乗り出した。「今宵は婚礼の席である。何とかこの場は引き揚げて欲しい」と頼んだ。しかしこのままでは辞さないという。「泥棒呼ばわりした者と暴力をふるった者をこの場に連れてきて土下座させろ」と言う。

事件のきっかけをつくった新郎と九大生は、酒気もすっかり抜けているが相変わらず強気である。「泥棒に頭下げるものか」と、どちらも譲らない。私は思いきって進み出た。草履をきちんとぬぎ揃え、一世一代の晴着姿で道の真ん中に座った。「私は嫁でございます。酒に酔った主人の目が何か見間違えたようで何卒お許し下さい。気のすむまで頭を下げさせてもらいます」と、額を地にすりつけて深々とお辞儀した。すると相手も膝をついて、「花嫁さんは弱か者、文句は言えん」とあっさり聞き入れてくれた。

その後酒宴は続いた。庭にすずなりの柿の実が暮れ残り、私の第二の人生は奇妙な幕開けとなった。

名医

昭和二十八年夏、長女は古都の一隅で産声をあげた。予定は祇園祭の日であったが、実家のある九州方面をおそった大洪水のニュースに驚き、そのショックで出産が早まった。男の子を望んでいた夫は、他郷で初産した心細さを尻目にさっさと出勤した。

冬に向かって底冷えがはじまった。雪しぐれには悩まされたものである。毎日欠かすことのできないおむつの二竿を軒に入れたり出したり、二階を間借りの不自由さは身にしみた。子持ちになってから、家主の奥さんの表情はおだやかではなくなった。「水道を使い過ぎる」「乾かすための電熱使用は困る」「赤ん坊を泣かすな」私は一日中身から放さず背中におぶっていた。そんな気苦労の私には余る程の母乳が噴き、すくすくと育ってくれた。

この家には何かにつけて親切な老人がおられた。悴んで洗い物をしていると釜の湯をそっと運んでくれたり、七輪の火種を分けてくれたりした。老人は毎月一回弘法大師にお参りするのが唯一の楽しみで、自分で弁当をつくり、一番電車の動かぬ先に線路に沿って歩いてゆくという。死んだ連れ合いとは仲の悪い嫁であったから、生き残った自分が冷遇されても仕方がないとさみしい話もされた。その老人が病いに倒れた。処置のしようもないほど結核が悪化していた。乳児に感染してはと、さっそく家さがしをはじめた。

明けて一月、松がとれるのを待って高槻市へ引っ越すことになった。その日二階の瓦には一尺余の雪が積もり、家具をおろすのに困った。去ってゆく時、「老人の看病を何卒やさしく頼みます」と祈らずにはいられなかった。

高槻の家にやっと落ち着いた頃、長女が高熱を出した。駅の近くまで二キロの夜道を、ねんねこにくるんで走った。小児科の灯をたよりに、ベルを強く押し扉を激しくたたいた。やっと院内に灯がともったが、「診察時間は終わりました」扉も開けずに断わられた。暗い夜道を右往左往して別の病院をさがした。おぶっている背中は火がついたようだ。「神さま、仏さま」と半泣きで歩いた。ぐったりと重みが加わるばかりだ。駅の方から靴音がして、この町に住む夫の同僚と逢った。事情を話すと「この近くに小児科の名医がいますよ、碁の仲間でごく親しくしているから紹介しましょう」と言われた。奇しくも先刻玄関払いをされた医院であった。母屋の門を小さくなってくぐった。先生もすぐ起きてこられ、一目見て、「泉熱ですね。もし高熱がひかないようならもう一度来て下さい」診断の早いこと、「今後共この子をお頼みします」と心から願って辞去した。星屑の凍りつく夜であった。

その後デパート、映画館、駅など外出した日はきまって発熱する子になった。内緒では出歩けないほどの敏感さである。「又人ごみの中を歩いてきたな」とそんな顔で夫は私を見るのであった。或る日、先生を訪ねたら「隔日に通院して下さい。三カ月乃至半年はかかりますね。

早く気がついたから大丈夫でしょう」とかなり難しい表情で言われた。その頃次の子が生まれたばかりであった。一人を乳母車に乗せ、一人を片手抱きにして往復四キロの通院である。名医の待合室はいつも溢れていた。私は他の病菌を恐れて、雨の日以外は門前の樹陰で順番を待った。長時間の立ちんぼでも、きっと癒したい一念で苦にはならなかった。「身内にこの病気の人はいませんか」と聞かれたが、親切を受けた老人をうらむ気にはなれなかった。日陰のコスモスのようだ、風が吹けば折れそうなうなじをしていると言われながら、恢復してくれた。

或る日、急な往診で長時間待たされた。受付の人から「こんな本、興味ありますか」と句誌を渡された。私は子供の病状が心配で開く気はしなかったが、「こちらの先生の句が載っています」と言われ、何となく頂いて帰った。

それから間もなく、句の道に入った。いく度か二児の生命を拾って頂いた小児科の名医が、「天狼」同人の美濃真澄氏であった。

もらい水

西京の片隅で初めて世帯をもった時、家主さんの風呂に入れて頂いた。「お風呂にどうぞ」と声がかかり、一応は遠慮したものの、「燃料が無駄だからあいた時に入ってくれ」と言われるままに入浴した。すると、嫁さんのくせに先に入ったと陰口をきかれ、途方にくれて銭湯に行くと、一緒に住んでいるのにみずくさいと嫌味を言われた。長女を出産した後、ますます文句がふえ、思いあまって引っ越した。

高槻郊外の大地主の離れ座敷を借りて住んだ。前のことがあるので、はじめから厚意を受けないことにした。夕方の買い物をかねて町の銭湯に通った。まだ舗装されてなかったので、車とすれ違う度に土煙をかぶり、せっかく風呂に入っても片道二キロ乳母車を押して帰れば汗だくになった。そこで遠まわりにはなるが、なるべく裏道を歩いた。途中、牧場に寄って絞りたての牛乳を分けてもらったり、白鷺の遊ぶ池のほとりで子供達と童謡を唄ったりの道草も結構楽しかった。

ところが銭湯で、「とびひ」を移された。二人の幼児の肌が見るもあわれになり、何としても内風呂が欲しくなった。幸い座敷の横に物置がついていた。よく見ると風呂場の跡らしい。家主さんに訊いたところ、やはり客専用の風呂桶が据えてあったとかで、木炭をつかって沸かしていたそうである。私もそのような燃料をつかい、煙を出さないという約束で風呂桶をもとめることにした。

さっそく桶屋を訪ねたが、新品の風呂桶にはとても手が出ない。中古のてっぽう風呂をすすめられ、五千円で譲ってもらった。届けられた時、決められた金額を渡したが、何となく不服そうであったので、古着などを足したら喜ばれた。まだその頃は、物々交換の風潮が残っていたのである。

この家を下見に来た時、まず庭先のポンプ井戸が目に止まり決めた。ところが、越して来て汲み上げてみるとがっかりした。大へんな「かな気水」でタオルやふきんが渋茶色に染まった。そこで大きな甕をもとめ、砂、小砂利、木炭などで漉し水をつくってみたが、やはり飲む気にはなれなかった。

またも母屋からもらい水をした。調理水、洗濯水、それに風呂の水も加わって、一日にバケツで二十八杯ほど運んだ。まだ二十代であったから、毎日毎日舌の出そうな労力にも耐えられたのだ。母屋の井戸水は限りなく湧き、水代はただで助かった。その井戸は一世紀前の方式であった。バケツに綱をつけてほうり込み、自力で汲み上げるのである。大へんな腕と腰の力の消耗である。引っ越して来てしばらくは、体のあちこちがこわばり、つくづく朝起きがつらかった。

手に入れた中古の風呂桶はクレゾールで拭き、さらに熱湯消毒した。いよいよ我が家の風呂が沸きたった時は嬉しかった。燃料は約束どおり木炭をつかったが、毎日ともなれば高い湯代につきそうである。そこでいろいろと工面し、つぎのような案を思いついた。

豆炭をおこして十能のまま焚き口に押し込む。しばらくすると灰をかぶってくるので、十能をひきだす。灰をふるい落として、またその上に豆炭を足す。これで一風呂沸くのである。我ながらいいアイデアであった。少しぬるめの頃入り、子供達の体を洗ったりしていると、ほっこり沸いてきて、あがり際にちょうどいい。夏であれば豆炭七個で風呂が沸いた。そんな暮らしが五年も続いた。母屋から離れまで、量り知れない水を運んだことになる。

その間に、あきらめきれぬことがおきた。くすり指を見るとルビーの石がなくなっている。透明度の深い良質の石であった。大切な記念の石でもあった。バケツを井戸に投げこむ折、水底に落ち込んだのであろうか。人一倍水を荒使いする私である。水神様に献上したことにして、無念の心をしずめた。

のらねこ

旧地主の離れ座敷に移り住んできたのは、まだまだ寒い時であった。京都の桂駅から大阪行きの京阪電車に乗り、山崎を過ぎると膝頭のふるえがぴたりと止まる。不思議な程気温の差がはっきりしている。

荷が片づき、近所の空気を吸い馴れるまで、二、三カ月はあっという間に過ぎてしまう。お彼岸を迎える頃になると屋敷が広く古い故か、いろいろな動物や虫に怯やかされた。嫌いなものはよけいに身近に集まってくるようで、追っても追っても数知れず目の前にちらつきうろついた。

その頃流しは庭先に据えていた。生の魚などうっかり置けば、あっという間にさらわれてしまう。母屋に水をもらいに走っているちょっとの間を、床下から虎視眈々と狙っているのである。或る日長女を寝かしつけた後、すぐ近くへ買い物に行って帰って来ると、閉めた筈の障子が少し開いている。急いで飛び込んだところ、黒猫が枕元に突っ立っている。一足遅かったらと胸がどきどきした。二歳児といえば、ビスケットの匂いがしてふかふかした頰をしている。ひとかぶりされた後では悔みきれない。魚やかまぼこを略奪されるのとはわけが違う。「もう許せない」私は家主さんに相談して、この黒猫を遠くへ捨てようと考えた。好物の餌を皿いっぱい盛って、食べているところを家主さんが筵をかぶせ叺に押し込んでくれた。その頃私は八カ月の身重であった。京阪国道の信号のわきに立って、車がとまる度に声をかけて頼んだ。「この袋をどこかに捨てて下さい」「中身は何だ」「のら猫です」みんな相手にしてくれなかった。猫の祟りを口にして首を振り、誰一人私の願いは聞いてくれなかった。

私はそれでもあきらめなかった。どこまでもどこまでも、家からできるだけ遠く離れた地に、自分の足で捨ててこようと思って歩き出した。摂津富田の町をぬけ畑をぬけ、一里か一里半も歩いた空き地の藪に袋のまま捨て、半駆け足で戻った。後もふり返らず安堵の思いで家に辿り着いた。

ところが、寸分たがわぬ黒猫が、離れ座敷の屋根の上からじっと私を見据えていた。私はぞっとした。さんざん悪戯され、悩んだ揚句半日を費やして捨てに行った筈の黒猫が先に帰っている。袋の口を結んで目隠しの状態で運び、そのまま置き捨ててきたのである。男手でしばった縄がどうしてほどけたのであろう。とにかく一足先に悠々と戻っていた。「おろか者よ」という顔つきで私を見下ろしている。しばらくは猫の逆襲を思い夜もろくろく眠れなかった。

春風にうかれて猫の恋がはじまると、私は箒をもって追い廻すが、その素早さにはかなわなかった。私をつき倒す勢いで走りぬけるのである。猫の棲みつく屋敷というのか、主顔の黒猫に従ってつねに数匹がうろつき、相変わらず悪戯されからかわれた。

その時おなかにいた長男が猫アレルギーで、猫が近くに来ただけでやたらとクシャミをし鼻水を流す。胎教の時期、私は猫に怯え通しであった。猫の恋路の邪魔をした祟りであろうか。

噴井汲む仲間

秋風の吹き立つ或る日、周旋屋の扉を押した。その頃高槻市の旧家の離れ座敷に住んでいたが、広い屋敷内には次々と同居人がふえ、真向かいの部屋に夜働きの人が移ってきた。生活態度が何もかもちぐはぐで、話し合いの得られる相手ではなかった。つまらぬことに難くせをつけられ、井戸水と電灯線の共有生活にはほとほと疲れた。何とかして一軒家に移りたかった。人間不信におちいっていた隙だらけの私に、周旋屋は満面微笑で、好条件の住居をすすめてきた。一戸建で駅まで二十分、景色良好という家に案内された。清流に沿って赤まんまや芒の揺れる長い土手を歩き、河原とは反対の窪地へ降りていった。十数軒の小さな家が並んでいる。湖を思わせる広い池があり、その水は不思議なほど澄んでいて小魚が泳ぎ、池の一隅に湧き水が噴き出している。野菜を洗ったり、米をといだりしている人を見て、もらい水に苦労した私は釘づけになった。周旋屋はそんな私を見逃さなかった。「住んでる人品もよく、古顔の人がいないから近所づきあいがうるさくない」と、私の家さがしの理由を知って、たくみに仮契約させられ、敷金の三分の一程をおさめた。

その夜、心はずんで話をきりだした時、社宅が建築されることを聞かされ、半年現状で我慢することに納得した。翌日予約取消のため、再び周旋屋に顔を出したところ、親切そうな仏の相はがらりと変わった。

「他の客を断ってまで確保しておいたのだから、違約金を払ってくれ、そして貴方の代わりに住む人をさがしてもらおう」と言う。昨日の声音とはまるで違っている。おろおろしながら帰宅して、主人に話すとあるだけの貯金をおろしてくれた。

かくして五年間住みなれた離れ座敷を去って、小さいながら一軒の家に移った。初めて表札を打ちつけた時の喜びを忘れることはできない。簞笥と水屋が別々の部屋におさまり、手押しポンプからは気兼ねのいらない水が溢れた。縁に立つと池の水面に製薬工場のネオンの灯がうつり、真新しい木の香になかなか寝つかれなかった。からっぽになった貯金通帳にも後悔しなかった。

それから二、三日次々と驚くことがおきた。先ず転入届に行くと、高城《たかしろ》という町名は役所の帳簿には載っていないこと。正式には崖一つへだてた町名の一部として扱われている。

家主なる人は、事業に失敗して土地家屋敷を手放し、この池の端の一角に隠れ住んだらしい。自称池の主のようなものだと言っている。この附近一帯は低地で、鉄道線路を高くするのに土をすくってこの池ができたそうである。池のふちの土地が何時の間に家主の名儀になったのか分からない。彫物をしているということで、何となくみんな一目おいていた。大工の息子に家の骨組を造らせ、周旋屋が入居者を案内する。敷金を前納させ、そこで建具や畳を入れる。そのような家主と周旋屋の結託で住人が集められた。何れ同じ目にあわされた人ばかりの様子に安心した。

私の家から池を半周した位置に一軒の古い建物がある。作業場かなと思った。屋根の下は三方壁であちら向きに建っている。世話好きの家主さんが、拾い屋さんの一団に頼られて貸した家だそうで、店子では一番古参である。二畳おきぐらいに薄い板でしきられた五家族ほどの寄り合い世帯である。ささやかながら衣食住の生活が保たれている。家主さんは、近々に立ち退く手筈になっているとしきりに弁解されるが、私は妙に気どった人達より気楽でいいと思った。玄関のすぐ前の狭い道を、その人達は肩を寄せあって遠慮気味に通ってゆく。だんだんと馴れ、顔をおぼえても言葉を交わすことはなかった。昼間街なかで逢ったりすると、さりげなく会釈してすれ違った。

夜は源さんという孤老のおじさんを囲み、一つのコンロにぬくもり合っていた。天井板もない屋根からは裸電球の淡い燭光がぶらさがっている。いつも笑い声がもれていた。源さんは、稼ぎの多かった日には、前垂れ一杯季節の果物を土産にして戻ってくる。湧き水に冷やした果物を、同じ屋根の下に住む仲間の子供達にあたえ、その喜ぶ顔を見るのが楽しみのようである。或る朝、戸を開けたらコスモスの束が置いてあった。私は雑居家の庭から剪りとられたものだとすぐ分かった。

それまでの間借生活では、思いきり叱ったり、幼児らしく大声で泣いたり、そんな自然のしぐさすら抑圧されていた。池の端に住んでからは、息づかいものびのびとできるようになり、土手を歩きながら好きな童謡も声をはりあげて唄った。家の中を吹き抜ける爽風に、私の神経性胃炎もおさまり、病弱な長女も医者に縁遠くなった。

それから半年後、甲子園にみごとな社宅ができ、しぶしぶ荷をまとめた。水に苦労した私は、こんこんと水の湧く地区を去るのが惜しくてたまらなかった。早朝の出発であったが、雑居家の人達は物陰から無言で見送ってくれた。

投書したきこと

墓参りをすませて新京極へ出た。春の京都は久しぶりである。給料も頂いたばかりで二人の子供に服でも買ってやろうとうきうきしていた。

映画館の前に来ると、「無法松の一生」が上映されている。その頃文芸作品の映画化されたものは逃さず観ていた。二時間も三時間も暗い館の中に幼い子供連れでよく入ったものである。生来おとなしかったのか、おかしな母親に馴らされたのか、騒いだり泣いたりして周囲に迷惑をかけたことはあまりなかった。全部観終って感動した面持ちで外光を浴び、子供達へすまない気持ちで先ず喫茶店に入った。アイスクリームを食べひと休みしてレジで料金を払おうとしたら財布がない。落ち着いてハンドバッグをのぞいたがやはりない。映画館の入場券を買い、途中で二度ほど子供達におやつを買ってやった。その度に財布はハンドバッグに確かに納めた。「財布を盗られました」と、しどろもどろで言い訳をして頭を下げると、レジの女の子は店主に告げにいった。心細げな子供達を店に残し、映画館と喫茶店への道すじを目を皿のようにして三回往復した。映画館の席は中央の前から三番目と大方決めているので、その辺りを這い廻った。二回目がはじまったところで、懐中電灯をつけて裾の辺りをうろうろするので、客の舌打ちがあちこちから聞こえた。あやまりつつさがしたが、ついに見つからなかった。店主は私たち母子三人を交番に連れていった。

住所、氏名、主人の勤め先を聞かれた。主人の会社に電話をかけてもらったが、土曜日で応答なし。つぎに高槻警察署に現住所を確かめてもらったところ、「高城町」、そのような地名はないとそっけない返事で電話は切れた。再び高槻署に電話をつないでもらい受話器をかわった。そして心をこめて説明した。「通称たかしろ町とは、芥川の橋を渡り川に沿って百メートル程歩き土手を降りたところに広い池があり、そのほとりに建てられた新住宅地です」と言ったところ、やっと納得された。それでも新京極の交番の人たちは半信半疑の様子で、事務的に処理され、古缶の蓋をあけてぎりぎりの電車賃を渡された。「気をつけて帰りなさい」という思いやりの言葉は一言も聞けなかった。

二人の子供はしきりに空腹を訴えるが、どうする術もなかった。その朝はじめて被せた新しい帽子まで、どこかに落としている。子供達に春の服を買ってやり、錦町でおもいきり美味しいものをもとめて帰ろうと思って、気前よく持ち出した金をそっくりすられたのである。映画館を出た後、眠たがる下の子をしばらくおぶって歩いた。その時ハンドバッグは後ろ手にさげていた。気持ちはぼうっとしていた。スリにとって、もっともくみしやすい相手であったろう。スリは財布を抜いた後、きちんと口金を閉じていた。ぱかっと開いていたら喫茶店に入って恥かくこともなかったろうに。

高槻の駅について鍵まで盗られたことに気がついた。これでは家にも入れない。芥川交番に寄ったら、地元のお巡りさんは親切で家までついてきてくれた。鍵のかかった玄関の硝子戸を二枚一緒にレールからはずしてもらって、やっと家の中に入れた。別の鍵をつけかえるまで市場へも行けなかった。

先祖の供養に出かけて、その帰りにこのような災難に遭うとは、墓参りした後に映画など観たことが不謹慎であったのか。翌朝一行の礼もしたためず、借りた電車代と別にアイスクリーム代を同封して新京極交番宛に郵送した。「御迷惑かけました。お世話になりました」とはとても言う気がしなかった。

その財布にはお金より大切なものが入っていた。「スリさん、お金は差し上げますから、ほかのものは何卒返して下さい」と新聞へ投書しようかと、本気で幾日も考えた。

雪の降る街へ

夏の或る日、越後湯沢へ旅立った。大阪より十度は低温という友人の涼しい話に、子煩悩な主人は難なく許可してくれた。初めて東海道線より上越線に乗りついだ。沿線の山と水の美しさにはしみじみ心洗われる思いがした。清水トンネルの中はひんやりしている。これを抜けたら雪国である。湯沢の駅に着くと洗面所に天然の温水が噴き出していた。水質は日本一と聞かされる。なるほどとうなづけることに軒々の洗濯物が真っ白である。名作『雪国』の町を胸の中に焼きつけておこうと、四泊の日々一すじの坂道をゆきつ戻りつした。こけしを買い、山水で冷やしたラムネを立ち飲みした。盛夏のことで客も少なくひっそりしている。

友人に紹介された宿も私たち母子三人きりだった。川魚と山菜料理が運ばれる。鯉こくやすじこなど珍しいが、その頃は食べず嫌いであった。塩辛いが乾菜漬は美味しかった。溢れんばかりの澄みきった湯舟を、朝に夕に母子のみで占められることは何より満足であった。帰りに東京に遊ぶつもりであったが、今更都塵をかぶる気にもなれず、予定を繰り上げて帰宅した。

その頃は甲子園の鉄筋アパートに住んでいた。高層住宅の窓を開け放つと、六甲おろしの風が颯々吹き抜け、湯沢より涼しい気がした。狭い温泉町には湯煙がこもっているし、夕方になると藪蚊に悩まされた。やはり我が家の茶の間が一番居心地よい。甲子園は六甲山と内海のオゾンが存分に吸える街であり、隣接した芦屋と共に環境衛生のモデル地区で、蚊帳など一度も吊ったことがない。留守番の主人は、女房子供のいないすがすがしい部屋を広く使って、この吹き抜ける涼風を満喫したであろう。その夏のボーナスは旅に使ってしまった。留守の間に思いがけない話がもちあがっていた。まるで下検分にいったような結果となった。

新潟支店開設の準備委員長に任命されて、主人は早々に単身出発した。その頃読売新聞に掲載された市のカルテで、新潟市の様子はほぼ知ることができたが、地盤沈下に関する暗い話題ばかりである。地図を買ったり、近くに住む新潟出身の人に、雪のこと、食物のこと、生活の違いなどこまごま聞かせてもらった。社宅ができるまで二児を相手に引っ越しの準備にかかった。十二月に入ってやっと荷物を送り出した。手持品を鞄二個にまとめて、八年間住みなれた関西を離れた。五十日ぶりに東京駅で主人に迎えられ、会社の都合で東京の宿に三泊したが、上げ膳、据え膳にあきあきした。

上野駅で佐渡号に乗車間際、我が家の全財産を詰めた小さな手提げ鞄のないのに気づいた。宿の貴重品係に預けたままである。電話でお願いして届けてもらったが、改札口でもたつき数秒の差で佐渡号は滑り出した。私は思わず「その汽車待って」と大声で呼びとめたが、巨体は駅長の命ずるまま非情の汽笛を鳴らして発車した。そのため親子四人の特別指定席は空席のまま走り出した。駅長さんをうらみたかった。しかし世界的に確かな国鉄の時刻を私の都合で変更するわけにはゆかないだろう。本社の人達の居並ぶ中で私は半泣き顔をした。

主人は平気なそぶりで駅前の宿へ向かった。何もかも予定がくるった。宿に入ると休憩だけという客に甚だぞんざいな態度でぬるい茶が運ばれる。隣室ではバタバタとハタキを使い、廊下では棒雑布を走らせている。客も不機嫌なら、女中も不愛想である。時間のたつのがまどろこしくて仕方がなかった。

四時間後、越路号に乗車したが、折角の雪景色も楽しめず、駅弁も咽喉をとおらない。途中で車掌さんが検札に来る。未練がましく佐渡号の切符を持っていた。理由を告げたら指定席券を払い戻してくれた。車掌さんの親切に私はやっと落ち着きをとり戻した。

新潟の駅に着き、予想していたより明るくて美しい夜景にびっくりした。大火後、新建築に一変した街は品よく調和がとれている。角巻や藁沓姿は一人も見かけなかった。雪の降る街へ一歩一歩踏みしめて入った。

黒い影

むさし野を走る車窓から、ひと群れの曼珠沙華を見つけた。「赤い花なら」と歌われているとおり、畦を焦す火の花である。この鮮やかな色彩を見るのが怖ろしくて仕方のない時期があった。

昭和三十六年秋のことである。その頃大阪――神戸間で、伊丹線を結ぶ塚口という町に住んでいた。伊丹、尼崎という特殊な都市にはさまれて、油断のならない土地であった。家からすぐの所に幼稚園、学校があり、交番も近くにあった。高級住宅地で、庭樹に囲まれた塀の高い堂々たる門構えの家がずらりと並んでいた。市場までは少々遠かったが、散歩のつもりで出かければ道々楽しめた。琴の音や、謡の声が洩れてきたり、金木犀の多い町であった。それまで転宅したなかでは、もっとも落ち着いた雰囲気の住宅地であり、四人家族にはぜいたくなくらいの間取りであった。

長い夏休みも終わり、学校の始まった日のことである。午後八時といえばまだ宵の口で、早めに夕食、風呂をすませ、玄関を入ってすぐの洋間でテレビを見ていた。二児の眠気を待つばかりでほっとしていると、開けたままのドアの近くに黒い影がうごめき、入ってくる気配がした。テレビへの視線を何気なく向きかえたところ、見知らぬ男が刃物を構えて立っている。黒眼鏡をかけ、全体がうすぎたない感じである。ドアに一番近い長男に刃先が向けられた。一方が壁で三方は鉄格子のついている窓である。一枚のドアをふさげば逃げようがない。私はとっさに二児をひき寄せて、「子供だけは助けて下さい」と絶叫した。その声はずい分遠くまで聞こえたそうである。母親として腹の底から歎願する声に慌てたのか、出口は開けられた。ところが、外へ逃げ出すのに手間どった。移り住んできた日に交番へ挨拶した折、「この町は空巣が多いのでくれぐれも戸締りには気をつけるように」と言われていたので、毎夕六時には門を閉じ家中の鍵をかける習慣にしていた。

玄関を開けようとしたら錠がおりている。やっとの思いで跣で飛び出せば門が閉じてある。扉の棒をはずす時、座敷から庭に出て背戸を抜けてきた賊と一緒になった。入ったとおり出てきた犯行未遂の賊は、私たち母子を押しのけて門の外へ逃げ出した。家中戸締まりしたつもりが、布団をのべる時少しでも涼しい風を入れておこうと網戸一枚残していたのが油断であった。塀を乗り越した賊はまんまと座敷に上がり込み、二人組の一人が私達をおどして釘づけにし、一人が物色していたようである。真っ白なシーツも枕も土足で踏みにじられ、小抽出しなど開けられていたが、押入れを開けたらすぐに盗れる現金入りの袋はそのままであった。

私は「助けて下さい」と連呼した。真向かいの家の非常ベルが鳴りだした。近所の人がどっと集まり、パトカーが駆けつけた。しばらくして私は警察の車に乗せられて、塚口駅周辺から国鉄尼崎近くまで、ぐるぐると犯人の足取りを追うことになった。枝道が多いので逃げる者には都合のよい町である。仕返しが怖いからと拒んだが、相手にはぜったい感づかれないようにするからということで協力した。その夜それらしい者は捕まらなかった。

主人に連絡を取るようにと言われても、会社が退けてからの行動を私は知らなかった。夜のつきあいは仕事の延長とふきこまれ、それが当たり前のようにならされている日頃である。応接間をはみだす程尼崎北署員がつめかけ、事情をこまごまと聞かれている時、十二時近く所在不明の主人が機嫌よく戻ってきた。仕事が一段落ついて慰労会をやっていたそうである。玄関を入るなり、「あなたは妻子の死に目に逢えない人だ」「母子家庭と思って狙われたのです」この時とばかり文句を並べた。刑事さんの目はなだめているが、私は支離滅裂な言葉を次々と浴びせかけた。主人の顔を見たとたんに平静さを失ったのである。「この度は九死に一生を得られたのです。また入られるようなことがあったら大声など出さないで盗まれるままにして、後は警察に任せて下さい。切りつけられずにすんだのは、おそらく刑務所帰りで刑のつらさを充分知っていたからでしょう」と注意された。繰り返し調書をとられ、昼夜三時間おきに家の廻りをパトロールされた。その度に「変わった様子はありませんか」と顔を出され、いろいろな犯罪を聞かされた。時には二、三人あがり込んでテレビの野球観戦などされる。安心できる日々であったが、反面何となくざわざわして落ち着けなかった。

子供達はおびえきってすっかり無口になった。家の外より内を怖がった。私のゆくところ、もつれるほど身近に二児をともなった。そんな折も頻々と近所に空巣が入った。社宅係も心配し、防犯のため六百ボルトの電流線を家のぐるりに張りめぐらし、直径二十センチもある非常ベルをつけてくれた。朝うっかりスイッチを切りかえず門を開けると、眠気などふきとばすようなベルが鳴りだす。家の前を通る中学生のいたずらもはげしくなった。ものものしい警戒網を見て、石をぶつけてその線を切るのである。とたんにけたたましい音が鳴りひびく。留守した時、一度いたずらのベルが近所の人を集めたそうである。市場に行けば、立ち売りする若者が犯人に見え、黒眼鏡をかけたエンタクの運転手が怖くなって途中で車を降りたりした。夢枕にまで賊の足音が近づくのである。幻覚症状が一年程つづいた。

新聞の三面記事として小さく出たが、どの新聞の活字にも少しずつ嘘があった。近所の人や会社関係の人からは、腰もぬかさず一喝して賊を退散させた勇敢な奥さんだと評されたが、主人の帰宅の遅いことを知っている身内の者からは、狂言ではないかと勘ぐられたりした。事件のあと、刑事さんから、「無傷であることの方が不思議です」と繰り返し聞かされ、不吉な連想をしているうち、無数の曼珠沙華がまなうらに咲きつぐのであった。

一房の葡萄

葡萄の季節になると、忘れることのできない思い出がふつふつと湧いてくる。母は私を産んだ後、体の調子が勝れず、私はもっぱら父のふところで眠らされた。人一倍水分を欲しがる子で、夜中に何回も父をゆさぶり起こし、その度に葡萄酒一滴と薬用シロップを薄めて飲ませてくれたそうである。乳を欲しがる代わりに私は父の手加減による甘い酒を飲みほす葡萄酒っ子であった。幼い頃、葡萄は与えられなかった。種子ごとかまずに飲み込んだりするので、消化が悪いというのである。戦争中もあまり口にしなかった。おそらく葡萄棚は南瓜や甘藷畑に変わっていたのであろう。

世の中も落ち着いて葡萄も豊富に栽培されるようになった。初秋の風に乗って曳き八百屋の荷の頂に葡萄の房が匂ってくる。みずみずしさ清涼さに魅かれてつい買ってしまう。縁に並べたまま買い忘れの野菜を取りにいって戻ってみると、みごとに茎だけが残されている。おとなしく座っている二児の仕業である。長女は夏のはじめに疫痢をやり、死線をさ迷ってやっと恢復したところである。弟の方は一誕生過ぎた頃から、手あたり次第口にほうり込む時期である。紫色の珠の美しさに、姉弟仲良く寄ってきて、幼児の掌に程良くおさまる一粒をふくんでみると甘いので、またたく間に食べてしまったのであろう。私は蒼くなって二児を乳母車に入れ病院へ走った。手当てが早く幸い何ともなかったが、初物の一房の葡萄にきりきり舞いさせられた。ぽつんと残された茎におかしさがこみあげて仕方がなかった。

爽涼な思い出もつづっておこう。それは生涯忘れられぬ佳き日であった。十月の初旬、一枚のハガキが舞い込んだ。中国詩人協会の案内でマスカット園を訪ねようということである。私はふらりと指定されたバスに乗った。広島市内から三時間、山間の狭路を七曲りして中国山脈の奥へ入ってゆく。バスは急カーブの度に大揺れするし、絶壁から谷底をのぞみながら、オート三輪やハイヤーとすれ違う時のバックは大変な苦労である。午前中二回、午後三回しか通らぬ車道である。車すれすれに桔梗、撫子、葛の花などが咲き、山清水が糸滝をつくっている。櫨や楓も薄もみじして車窓に映える。

バスを降りて歩き出すと、空は真っ青に晴れあがり、「空気が美味しい」とみんなの口からほとばしり出る。桃源郷とはまさにこのような里をいうのであろう。まるで時間が止まっているような静けさで、一行七人、志和高原をめざして歩いてゆく。詩人、俳人、画家、写真家、豊富な話題に包まれて道草も又楽しい。

山の方から風が吹き下ろしてくる。葡萄の香に酔うばかりであった。私は両手で風を掬いながら、「もうすぐですね」と言った。見渡す限り葡萄棚である。日本一の自然マスカット園だと聞かされた。「御自由にどうぞ」と言われ、スケッチする人、シャッター切る人、葡萄の栽培についてあれこれ論ずる人、思い思いになごやかに時を過ごした。一木一草が清浄である。筵の上にはこおろぎが這い上がり、山鳩の歩く音がすぐ近くに感じられる。

三時過ぎ、はや山の冷気がひたひたと迫ってくる。帰りのバスに乗って、二度と来れないであろう高原の里をまじまじとふり返って見ていると、乗りあわせた隣席の人がつぶやかれた。この村は霧が濃く何もかもすっぽり沈んでしまうことがある。そんな時、よそ者は出入りできないということである。霧によって葡萄の神秘的な甘さが醸されることも聞かされた。

かたつむりの記

ふる里を知らない子供は、日本のいくつかの都市を転々として育ってきた。雪国でカトリックの幼稚園に入った一年間、お祈りも遊戯もとうとうやらなかった。蝶やとんぼが舞い込んでこようものなら、それを追って園外まで飛び出してゆく。そんな芒洋とした自然児であった。そして二年目には別の幼稚園に移り、小学校も三回転校した。その都度校風や新しい環境になじむため苦労を重ねたことであろう。土地の方言の早おぼえには驚かされた。時々言葉の意味をはき違えて使うので失笑をかうこともあったが、戸惑いつつその場に順応してゆくしかなかった。

瀬戸内海が眼下に見下ろせる風光明媚な小さな学校でのことである。海と山に囲まれた空気の美味しい、静かな半農半漁の町であった。山の中腹には別荘が点在し、土地の人と仮住の人との生活ははっきり区別されている。別荘人はもちろんのこと、その町の一戸一戸が裕福そうである。温暖で天災の少ないこの土地には海山の幸が溢れていた。山畑には果実が実るし、海からは女手でも簡単に貝や小魚がとれて日銭稼ぎにはことかかない。養鶏をやっても陽あたりがよい故か卵の生産がすこぶるよいとか、そんな土地で子供の健康状態はいたって良好であった。

高台の校舎は一棟のみで、教師九名、生徒総数二百八十名たらずの小世帯なりに設備は充実している。講堂、図書室、理科実験室、家庭科に使用される和室、温室、給食室何れも完備され塵ひとつ見あたらなかった。安心して学校生活の第一歩を踏みはじめたが、ＰＴＡ会合の度に割りきれぬ気分が拡がってきた。はじめはよそ者の僻みかと反省もしてみたが、その差別ぶりは著しく、土地の有力者に諂う教師の姿をまざまざと見聞した。

父兄参観日には教師の表情も柔和で、児童達の右手も林立する。発表する子は何時も同じ顔ぶれである。利発な児は蒸し返しの授業に少々退屈している。授業の言葉も意識して方言を使い、親近感を示されているが、移り住んできたばかりの子供には逆に通じない。そのような授業には全く無関心で挙手もしない。廊下より窓越しに覗いてみると、子供の机上には教科書もノートも開かぬままである。その代わり八つ手の葉が一枚置いてあり、かたつむりが一匹這っている。それを逃げないように見守っているのである。近寄って背中をつついてみたが、子供はかたつむりから目を放そうとしなかった。そんな様子が心配になり、担任教師に相談した。「このクラス三十九名中三十一名は一人っ子で、すでに下地ができあがっているから、らくらくと進んでいる。あなたの子供は出発が後れた故か、仲間からはみだして虫とばかり遊んでいる。授業中も度々机の下にもぐったり、校庭に出てゆく放浪癖がある」邪魔っ子だと言わんばかりの口調であった。そのような迷える子と知りながら、温かい配慮を一度もされなかったのであろうか。入学したばかりで、最も信頼すべき担任教師に無視された子供は帰宅してからの半日、専ら小動物に親しんだ。

そして一学期は思いもかけぬ成績表を渡された。テストで予期していたものとはあまりに違っていた。小さい井の中で序列は決った。このまま進学することを案じ、夏休みを待って、転校児の最も多い学区を選んで移った。生活環境の相似た同士であればと、思いきって生活をきりかえたことは、子供にとって大いにプラスになった。発表する場も与えられ、言葉の訛りを冷笑する者もいなかった。海に山にのびのびと遊ばしたことも無駄ではなかった。葉をすっかり落とした冬木の名を間違いなく応答でき、校内のどこの水槽にぼうふらが泳いでいるとか、あの家の軒下に燕の巣があり、あの山の桃の木には兜虫が群棲しているとか、ひとつひとつ足で歩いて確かめている。現代っ子の雄弁さや要領のよさに比べて、子供は万事後方をのんびりと歩いていた。だが教室を出て、虫をつかまえる役はクラスの誰にも負けなかった。子供には虫取名人の名前がつけられた。蟬のさなぎが殻をぬぐ時、薄緑の絹のような翅がまるで羽衣を拡げるような神秘的な一瞬も見せてくれた。虫と遊ぶ時、床に這わせて友達のように言葉をかけているが、夕方になると仲間の棲んでいる森に帰れと、木の枝や草むらに放してやる。越してきた時に棕櫚が一本植えてあった庭は、二年後には三十余種類の野草がふえた。山百合の球根がやっと芽を出した頃、又転勤辞令をうけ、仮住居にさよならした。

かなしい話

広島の八丁堀から己斐行きの電車に乗った。街路樹の若葉がさやさやと鳴り、原爆ドームにも薫風が吹き抜けていた。己斐駅で降り、宮島線に乗りかえた。駅の三つ目辺りから海山の風光に恵まれ別荘地帯となる。柚子の花の香りが一瞬車窓をかすめる。植木や盆栽作りで有名な高須の町をぬけ、草津に入れば急に潮の香りがして海岸すれすれに走る。風の向きによって牡蠣殻の臭気が鼻をつく。うず高く積まれた白い貝殻山を燕がすいすいと越えてくる。

井の口駅に降りて急坂をのぼりつめた高台の家にようやく辿りついた。別荘番をしながら洋裁をされている奥さんとは、服の仕立を頼んだことから親しくなった。仮縫いのため私の家に来られたり、袖付の工合を直すなど、度々足を運ぶうちお茶漬をすすりあう仲になった。

「原爆で両親を失い、親類を転々として育ち、独り生きてゆこうと洋裁師になったのに、周囲のおせっかいで結婚させられたが母になることはできなかった。はじめてみごもった時、被爆したことがおそろしくて産めなかった。無理に始末した罰か、以来再び授からなかった」と一身上のことをほつほつと語られた。

この海辺の町を引っ越した後も私は折にふれて訪ねた。玄関で声をかけると奥からバタバタと足音がして「まああがりんさい」いつもの明るい声できさくに仕事場へ通される。「此の頃貧血がひどく目が霞んで仕事がはかどらんけど、何かに打ち込んでないとふーっと死にたくなるんよ。でもピカドンには負けられんけんね」と言いながらせかせかとミシンを踏みだされた。瀬戸内の海には牡蠣筏がうかび、安芸の小富士の裾をめぐって小舟が次々に戻ってくる。平穏な夕暮れであった。

その時縫ってもらったレース服は、二枚とも寸法がくるっていて着心地が悪かったが、何故か一言の文句も言えなかった。

「親なし子なし家もなし」となげきながらも強く陽気に生きていた「ひろしま」の洋裁師のことを時々思い出す。

夕爾先生の手紙

夕爾先生にはじめてお会いしたのは、昭和三十九年五月二十四日、広島の三滝観音山荘で第七回久保田万太郎賞句会が催された折でした。

　文鎮の青錆そだつ麦の秋　　夕爾

この句が最高点に入り一般席の片隅から賞を頂かれる時、はにかんだ顔で腰を跼めながら進んで行かれました。瘦身でさみしい微笑が印象的でした。

そのうち広島在住の俳人佐々さんが手紙で紹介して下さって、私はその頃の句をまとめてお送りしてみました。折り返し先生専用の封筒に歓喜致しました。昭和四十年二月四日第一信を頂きました。

　第一信

総体にかなり強い主観をもっておられる。之を十七音の中に如何に柔軟自在にうたいこんでゆくかそれが命題でしょう。現今の俳句界ではこの程度があたりまえのようになっておりますが、然し私はうべなえません。私の信条は平凡な言葉を美しいと思うようになりたいという事です。以上はほんの印象記ですがよろしく御賢察願います。今後私でよろしければいつでも拝見しますから送って下さい。

第二信

御健吟のこと大慶至極です。アラバスターのランプのように内に点るものを心がけて下さい。

喪 の 泪 一 滴 葛 湯 透 き と ほ る　　　礼子

之の句を最も好ましく思いました。まだ多少の生硬さはあれども、この世界から更に内部へ深く触れていって頂きたいと思います。

第三信

冬 座 敷 能 面 の 口 真 一 文 字　　　礼子

冬座敷に真一文字がよく利いている様に思いました。長いこと春の寒さが続きましたが、どうやら暖くなり昨今はむしろ気味わるいくらいの陽気さです。三月以来病臥しておりましたが、昨日今日起きて歩ける様になりました。病閑に句作ができると思いましたが、さてとなると駄目なものですね。やはりあくせくしても、働いているに限るようです。お大切に。

卓布もて覆ふこころよ松の花　　夕爾
港祭をはりし微雨の濡らす海　〃
泣けとてや小米花咲く厨裏　〃

第四信
拝啓、お心遣いの小包ありがたく拝受いたしました。まことに恐縮千万です。今日は調子よろしく近くの川へ二時間余り出かけて釣をしてきました。作品がたくさんお出来のようならば、私共の春灯へ加われてはと思います。但し、人それぞれの所属があり、かつ作風に適するかどうか冊子の雰囲気を知っていただかなければなりませんが、お礼旁々

第五信
拝啓、春もどうやら終わりとなりました。病気も順調に恢復しつつあり、何卒御放念下さい。昨日今日「俳句」六月号へ十五句按じております。発表になりましたら、おついでの時御高覧下さい。仲々うまく作れませんけれど。

第六信

あなたの句はまだ少し考えすぎるのではと思われます。考えを一点に絞って単純明快を心がけられたらと愚考します。といいましても別段近道のあるわけでもなく、詩作はやはり三多の方則（多読、多作、多量）以外にありません。基礎はできているのですから、何かの折に開眼なさって大きく飛躍されることを期待しております。以上思いつきを記しました。御加養を祈りつつ。

昭和四十年五月四日、この日付で文通がとぎれました。それから五月九日、三滝の観音山荘で例の句会が行われますので早々と出かけました。夕爾師は御欠席らしく、佐々さんに聞きましてもはっきりした病状はわかりませず心配致しておりました。その日は万太郎先生の追悼句会でした。出句だけはなさっていました。

土にかへりたまふしづけさ夏蕨　夕爾

この時も最高点で来年から選者の席に座って頂こうということでした。

渓水に夏足袋湿り万太郎忌　礼子

八月四日中国新聞より

木下夕爾氏（詩人）四日午前一時三十分福山市御幸町七四四の自宅で横行腸ガンと肝ガン症のため死去、五十歳、告別式は七日午後二時から福山市新馬場町の福山市公会堂で。代表詩集『田舎の食卓』『冬の噴水』。

文学葬の当日、私は文机に向かい、しずかに御冥福をお祈りしました。

夕爾先生は榾火のようなしんみりした温さと柚子のような爽かさを合わせもった作家だとうかがっておりました。手紙を差し上げたら、返事頂く日がおよそ見当のつく位几帳面で誠実なお人柄でした。御病気の苦しみを少しも筆にたくされず、死に神との酷な対話にも耐え抜かれたのは、詩人のやさしさ強さであったでしょうか。夏休みに入ったらお見舞いに行こうと心から案じておりましたのに。

わずかな月日の御縁でした。直かにお話ししたこともありませんのに師を失ったかなしみの泪があふれました。

夏から秋にかけて先生追悼の句が折にふれては句帖を埋めました。

惜 別 や 朝 顔 宙 に 咲 き し ぼ む　　礼子

露 草 は 野 に 摘 み 残 す 夕 爾 の 忌　　〃

鯊釣やさみしき顔の遠見癖　　礼子
爽かな未練れもんの端おとす　　〃

天の人になられた先生は、星の隙間から虹の端から詩のこころを呼びさまして下さることと思います。先生の数通のお手紙は折にふれて読み返します。何時の日か福山駅に降り、野の花を供え、お墓に合掌したいと念じております。

空似

爽やかな秋日和の午後、作陶三人展の案内を受けて出かけた。会場をゆきかう人は、それぞれ作品の風格に魅せられてか、優雅な身のこなしをする人ばかりである。投入れに挿してある瑠璃色の竜胆が柔和な白さの陶器をくっきりと引き立てている。

久しぶりに目の保養をして、帰りにKデパートに寄った。真っ直ぐ最上階にあがって順々に降りてくると、学用品売場の一角に人だかりがしている。近寄ってみると似顔絵会をやっている。手馴れた筆法で五分間もあればたちまち描かれる。我こそはと自認している美女の顔も、目尻と唇の端がはねて漫画的になったり、デッサンが正直過ぎて憤然と立ち去ったり、なかなか愉快である。その中の一人の絵師が少女を写していた。表情が克明に描かれてゆく。翳の色が何とも言えぬ夢をふくんでいる。私は先刻名陶器に心ゆくまで酔ってきた。今なら澄んだ表情が記念になりそうな気がした。衆目にさらされるはずかしさも忘れて少女の次に腰かけた。膝の上にしっかり拳を握って五分間の静止の座に耐えた。終始面映ゆく、できあがった色紙を裏返しの形で受け、社会奉仕箱に料金を入れてそそくさと立ち去った。私はひそかに三十代のとどめの顔を後年の笑い草にとっておこうと思った。

テレビ番組で、「そっくりショー」というのがあった。似た声色をだし、器用に癖をこなし拍手喝采される。世の中に二人や三人は、顔形の全く似た人がいるらしく、他人の空似にびっくりさせられる。

模倣も娯楽としては大ぴらに宥されているが、たとえば一枚の記念切手やポスターの図案などが少しでも似ていたら大へんである。新聞の片隅でたたかれるが、たいていは水かけ論に終わり、双方後味が悪い。

俳句も奥へすすむ程空怖しい短詩型である。限りある季語を使って、似通った生活環境を繰り返していれば、何かのはずみにそっくりの句がとびだしてくるかも知れない。気に入った季語はやたらと使い、見たことも体験したこともない季語は使ったことがない。目に触れ感じることがあっても体質的に受けつけない季語もある。野鳥などは詠みたいが、雀か鶯の鳴き声ぐらいしか判別できないとあれば、しかと詠み込めない。折にふれて句集を丹念に読んでゆくうち、或る一句にぶつかってどきりとする。あまりにも相似た感覚と調べで詠みこなされている。そんな時私は狼狽する。書き残しただけの句帖を繰ってみて確かめてはほっとするのである。

　地方の鍛錬句会などで嘱目吟で競う場合、流暢な調べで難なく纏め高点句となる佳句が三つ子ほどの顔して並ぶことがある。同じ流派を学び、限られた視野で見つめれば、感じ方も表現も似通っていて仕方がないかも知れないが、新鮮さは感じられない。五字か七字をすでに約束された言葉で埋めれば、後僅か十字あまりの詩語発見ということになる。選び抜かれた言葉が活き活きと脈打たなくてはならない。

　与謝野晶子の末娘が書かれた、「母の想い出なる『みだれ髪』」の中で、「私は前に廬山の八面観という言葉を聞いたことがある。中国のその有名な山は、八方から見る場所によってその姿を変えるという話である。中国の例をひくまでもない。猪苗代湖畔から見上げる磐梯山は静かで美しいが、裏に廻ると荒々しい山肌をさらしている。人間という山の姿はとても八面観ぐらいでは捉えられない。母晶子と身近に暮らしていてさえ、その心の中までわからないことが多い。自分なりの思い出をそれぞれ正直に書き続けておれば、いつか母の本当の姿をみせてくれないものでもない」と言っておられる。深く考えさせられる読物であった。

　にせ物の充ちた中から本物をつかみだすことは、なかなか難しいことであろう。

私の花心茶心

日中も凌ぎ易くなり押入れの整理を思い立った。貴重品と朱書した箱がある。引っ越しの折、抽出しのものを詰めたままである。開けてみると古い手紙の束、二人の子供の通知簿などが出てきた。箱の底に茶道庸軒流、華道遠山古流の許状があった。会社の家族寮に住んでいた頃、向かいの家で茶道や活け花の稽古がはじまった。近いということで仲間に加わったが、もともと不器用な私は一向に上達しなかった。一年程して転勤することになり、餞別をかねてか免状を頂いた。

新潟へ移って本気で師匠をさがして歩いたが、同じ流派は見つからなかった。仕方がないので、点前のできる茶道具を一通り揃えて練習だけは怠らなかった。日本海の荒海から吹きつける風雪のはげしい夜、残業の主人の帰りを待って一人点前をしていると不思議なほどやすらぎを覚えた。

仕事で長岡辺りまで足をのばすこともあった。夕方から降り出した雪はずんずん積ってスコップで雪をかきながら帰ってくるのである。そんな折は午前三時頃ようやく家に辿り着く。玄関の戸は凍りつき頑として動かない。釜の湯をいっぱいレールに流し込んでやっと軋みだす。

主人の「只今」の声がしたら沸騰した湯をさげて出迎えた。湯を沸かすにも水道が凍りつくため、バケツ一杯雪を溶かしてそのうわずみを煮た。庭に降り積む雪には目に見えぬ砂が混じっている。「海は荒海　むこうは佐渡よ」の白秋の詩碑が立っている砂浜の近くに住んでいた。炭の匂いもなつかしい。十七、八の頬の真っ赤な女の子が吹雪の中をせっせと炭売りにきた。炭俵を二俵軽々と背負って運んでくる。骨身を惜しまず働く雪国の娘のけなげな美しさを忘れることはできない。まことに純朴な感じであった。雪を怖がって籠りがちな私の用事を気持ちよく何でも引き受けてくれた。急ぎの手紙なども安心して頼めた。

友人に紹介されて華道小原流に入門した。出不精の私は出張教授をお願いした。私は幼い時から全く絵が下手で構図がとれなかった。仕上げは師匠の手が入って床の間や玄関に置いても恥をかかないですんだが、活けた喜びは湧かなかった。冬期は一夜で水盤の水が凍り、ことりとも型くずれしなかった。

その後、大阪へ移り住んだ。同じ小原流を個人教授ではなく婦人会館の一室で習った。一人一人手を取って教えられるわけにはゆかず、手本を活けられて後は個々に活けたのを評して頂くのである。私はきまって直立型にあっさり活けた。花材も三種揃えてあるのに、人工着色したり造型がかったものははずして二種で活けることもあった。折角伸びた枝を切りつめたり、へし曲げたりは私の性に合わない。

或る日ついに師匠に柔かな口調で一言申し渡された。「貴女は自然がお好きらしいから貴女流に活けなさい」と自由を許可された。仲間も笑いながら、「貴女の花はホトケ様向きだ」と言われ、こちらから退会を申し出た。三年間大まじめに習ったつもりが、基本さえ覚えられなかった。

茶道は裏千家に入門した。どの流儀も侘び寂の心は一つであろうが、それぞれ作法はきびしく細かく違っている。私の場合、庸軒流の作法を抜くのに月日がかかった。私は長時間正座しているることも折目正しいつきあいも何とかこなせる。しかしお茶会に出て、着物を競い、道具に凝り、丁寧過ぎる挨拶にはとてもついてゆけないと思った。

古来茶道の精神は清雅である。日常の起居が美しくなり、器の使い方も理にかなっている。品のよい身のこなし、人柄の滲み出たつつましい婦人にお目にかかると、その道を真に極めた人だなとつくづく思う。手順だけはようやく修得した頃、ちょっとした不注意で右手の人差指を雨戸で潰し、やむなく中止した。

お稽古をやめて十余年の歳月が過ぎ、ふくささばきもすっかり忘れた。主人が単身赴任する時、茶の師匠にでもなるようにとすすめられたが、一日中作法にかなった生活に入る自信はない。花は庭に自然に咲かせ、咲き過ぎたら人にも配り、挿すなら一輪卓に飾る。朝の仕事が一段落ついた後、わが狭い雑草園を眺めながら季節の菓子と八女の星野茶を頂けば、ほのぼのと心たりるのである。

渋柿

二十年余の流寓生活の後、狭い庭つきの家をもとめた。越してきた庭には約束どおり、「ぶんご梅」と「富有柿」が植え込んであった。枝ぶりのよい梅の木は花こそ見られなかったが、ひと月も過ぎると柔い若葉とその葉陰には青い実がなっていた。

一方柿の木は、まるで枯木の如く無表情で何の変化もしめさなかった。生きているのかなと思って樹肌を少し削ってみると、たしかに生木であった。植木屋さんに訊いてみると、柿の木は極度に移植を嫌うとのことである。成木を移すには葉の落ちつくした十一月以降、根の活動が止まった時、しかも土が凍る前のよほどタイミングのよい時期に移せば、或いは他の土にも馴染むそうである。それでも三年ぐらいは臍を曲げて枯木のふりをするとの話も聞かされた。梅雨が明けたら土用の芽を吹くこともあると言われたが、何の兆しも見られなかった。

そして一冬越し再び春を迎えた。二年目もかたくなに眠りつづけた。あまりに殺風景なので裸木に朝顔を這わせた。紺と白の朝顔が涼しげに咲きついだ。ところが蔓物を絡ませたら木が弱ると聞き、終の花を待たずに蔓を解いてしまった。

三年目の春、少し変化が認められた。樹肌のあちこちにこころなしかふくらみが感じられる。

これはきっと蘇る気配かと確信した。そんな時、道路を距てた庭向こうの空き地に新築工事がはじまり、終日槌音が賑やかであった。朝から春一番が吹き荒れた日、全く思いがけぬことが起きた。釘を打ち忘れたのか屋根の部厚い板が一枚わが庭に飛んできて、柿の幹を直撃したのである。庭いじりをしてない時で災難はまぬかれたが、柿の木は根元からぐらつき背骨が砕けたという感じであった。あの勢いでぶつかってきたら、おそらく一命にかかわることであったろう。祈るような気持ちで身代わりになってくれた柿の木の根元を踏み固めたが、ついに芽を吹かなかった。秋風の吹き過ぎる頃、枝はもろく折れ、幹は徐々にひからびてしまった。引き抜いてみたら牛蒡を抜くより力がいらなかった。

深大寺の植木市で、わが背丈ほどののっぺらぼうの柿苗を買ってきて庭の真ん中に植えた。これはうまく根づいて、翌春はさっそく芽を吹きすくすくと伸びた。四年目にはじめて花をつけ実を結んだが、梅雨の明けた頃へたの部分がくろずみ、青柿のうちにことごとく落ちてしまった。花が実を結ぶ時期、消毒しなかったのが原因らしい。それまで柿の花に虫がつくことを知らなかった。

柿の花か葉か見過ごして曇りけり

或る朝庭いじりをしている時、柿の枝にふれたとたんに体中に痛みが走った。電流にびりつく感じでたちまち赤い斑点が肌にふくれあがった。一枚の葉に柿色をした奇型の虫が貼りついている。これが刺したのであろう。はじめて見た毒虫であった。

翌春は早々に消毒し万全をきした。青柿は日ましに富有柿のふくよかな形をととのえた。ほどよく色づいた初物の一つを、はずむ調子で皮を剝き、四つ割にして家族一切れずつ頂くつもりであった。ところが、最初に口に入れた息子が顔をしかめて口をゆすぎに走った。すごい渋柿だという。これはひと月早過ぎたのかと辛抱づよく待った。

十月末ひとまわりも大きくなり、まさに秋色を極めつくした柿を剝いてみた。やはり口が曲りそうな渋柿であった。残りの数個も間違いなく渋のかたまりであった。形は富有柿そっくりで、しかも岐阜産とも思えるみごとな大粒である。一個を買い物籠に入れ、市場の果物屋さんに見せたところ、これは「にたり柿」だと教えられた。

渋 柿 と は 知 ら ず 七 年 育 て け り

終戦の年、学徒動員の工場で支給された唯一のおやつが柿の皮の粉饅頭であった。渋柿の皮を干して粉にしたものをまるめただけのもので素朴な味がした。藁半紙に二個ずつ配られ、年中空腹であった当時の女学生たちはありがたく頰ばった。

遺　言

梔子の花の咲き匂う朝、一通の訃報を受け取った。差出名は妹になっている。おくれて母の手紙が着いた。「この度本家の伯母さんが亡くなりました。御存知の通り一人暮らしで病気が助からぬとわかって親族に声がかけられ、まもなく息を引きとられました。貴女の妹が養女となって本家を継ぎました。いろいろ相談したいから是非帰郷して欲しい」とあった。

夏休みに入ってさっそく旅立った。一昼夜汽車に乗り久留米駅で降り、さらにバスで一時間余ゆられてやっとふる里の奥座敷に着いた。「暑かったろう」「さぞ疲れたろう」と久々の帰郷に母や兄嫁は心からもてなしてくれる。旅装を解いてやっと一息つく。

すでに連絡のついた妹達は、それぞれの身辺話をひっさげて駆けつけてくれる。母が真ん中に座って娘達に囲まれる。「私はたくさん子供を産んで育てて心丈夫だ。一人も欠けていないし、この上もなく幸せなことだ」としみじみとつぶやく。本家の話が出てみんなしんみりとなった。一人暮らしの伯母の晩年はあまりに悲惨であった。安らかには眠れなかったであろう。

伯父が亡くなったのは、大東亜戦争の最中であった。村長として戦没者の村葬に参列した席上、脳溢血で倒れ、そのままこの世を去ったのである。数々の公職を果し、家にあっては名実共に賢夫人にかしずかれて、肩の力を抜くことも膝をくずすこともなかったであろう。子のない夫婦にとって、お国のため、社会のため全力を尽くすことが生き甲斐であった。張りつめ通しの線が俄かにぷっつり切れて伯父は大往生だった。陸軍士官学校出身で、公私共一生真面目人間で、人格者で通さねばならなかったのである。軍服と礼服と、家にあっても常に袴を着けて暮らしていたように覚えている。

伯母はまさしく武家婦人の面影を残した人であった。時代劇にそのまま出て、懐剣をさしてもおかしくない雰囲気を保っていた。髪の束ね方、帯の結び方、堅い衿もと、足袋の白さ、口のきき方、隙のない身のこなし、いつも構えている感じであった。「私は立花藩の家老の血筋で、ただの士族ではございません。潔く、正しく、生きています」と、ことある時の伯母の口癖であった。

私は幼い頃、盆正月の挨拶廻りに父方の親類には必ず父のお供をしてついて歩いた。本家は杉垣をめぐらした平家の閑静な住居であった。不意に訪問しても玄関はいつも掃き浄められ、格子戸のさんには一塵もなく、ひんやりとした土間の下駄箱の上には、季節の花がひっそりと投げ入れてあった。履物もきまった位置にきちんと揃えて置かれ、弛んだ緒とか歪んだ下駄を見たことがなかった。上る時足の裏を確かめ、畳のへりを踏まないように歩いた。しみ一つない座布団にお茶やお菓子をこぼさないよう注意した。子供心にも親に恥をかかさないいい子であろうと努めた。書箱は整然と分類され、簞笥にも中身を表示した札が貼ってあった。台所の棚には缶がずらりと並んでいたが、その配置にもこまかく神経がゆき届き、いつ見上げても整列されていた。板戸も柱も黒光りするまで拭きこまれ、子供の手などうっかり触れられない感じであった。伯母は掃除用バケツを使用しなかった。厨のすぐ裏を流れる川ですすいでは拭くのでいつも雑巾が真っ白であった。潔癖すぎる性格故、使用人も決して雇わなかった。本家には子供心を惹くものは何もなかったはずなのに、訪問することが何故か好きであった。私は血も引いていないこの伯母の病的な清潔さをいささか受け継いでしまったようである。

本家には男の子が二人いたが、長男、次男とも相ついで亡くなった。伯母方の血すじに一人だけ気に入られた娘さんがあった。そのKさんを養女にとのぞまれた時期もあったが、Kさんの話によると三日と同居できなかったようである。一日目はやさしく手をとって教えられ、二日目は言われた通りにことを運んでも文句を言われ、三日目にはどんな小さい仕事も頼まれず、一人でさっさと処理される。だんだん居づらくなって引きあげるより仕方がなかった。そんなことの繰り返しで正式に話がまとまらないうち、Kさんは他家から縁談があって嫁がれた。その後幾人か養子の候補者はあがったが、伯母の理想にかなった話はなく、ついに決まらなかった。

終戦後一人暮らしに不用なものは全て処分して私立幼稚園を経営し、残された生涯を意義あるものとして歩きだされた。賢婦人の園長としての躾ぶりは、戦後派の母親たちに如何程理解されたであろうか、新旧の摩擦も種々多かったことと思う。伯母は美智子妃の大ファンであった。利発で清楚な感じが好ましかったのであろう。

伯母は三カ月程病床についた。はじめの二カ月は誰にも告げず、調子の悪い日々を自分で粥をつくり、洗い物もしていたそうである。衰弱が日ましに激しくなり精根つき果てた頃、ひょっこり養女になるはずであったKさんが訪ねてきた。病状のただならぬ様子に驚き、慌てて医者を呼んだが、下半身癌に冒されていた。痩せ細り這う力もやっとであった。動けぬ体になっても神経は鋭く、記憶力の確かさは驚くばかりで、死後の処置をこまかく依頼していた。付添婦がうっかり皿を落したりすると、長い間大切にしたのにと癇をたてて怒った。死の影がさしていても、そこつ者を許せなかったのである。

伯母にとって一番悔しくつらかったことは、下着を他人に洗ってもらうことであった。下着だけは人目にさらさず焼き捨てたかったであろう。一糸乱れぬ髪、真っ白な襦袢と足袋、日々の起居のすがすがしさが伯母の生きざまであった。下半身を病んでからは、Kさん以外には面会しようとしなかった。すさまじいやつれぶりに、他人から同情の言葉を浴びたり、掃除のゆきとどかない家の隅々を人様に覗かれることはたまらないことだった。

或る日伯母が書箱の抽出しを見たいと言いだした。その中には伯父の貴重品をひとまとめに納めてある。一番底より一通の封書が出てきた。三十年間うかつにも気がつかなかったが、遺言書であった。伯父の直筆で「相続人について」は分家の一子を養子に迎えることが望ましいと記してあった。刻々と生命の灯が縮まっている時、遺言のことを果さねば死ぬにも死にきれない。伯父の意志に素直に従って目を閉じたいと念じたのであろう。

父の没後、本家とは疎遠の歳月であり、大病も知らされぬ程の他人になっていたが、さっそく私の母が病床に呼ばれた。伯母は細りきった手を合わせて後継ぎのことを頼んだ。保母職についている妹に白羽の矢が立てられた。内密に身上を調査され、妹の気性や生き方が伯母に相似ている点が何より気に入られた。母はたとえ本家の切望でも妹の気持ち次第で決めようと思い、本人を連れて見舞った。伯母は妹に視線を据えて「命がけの願いを聞きとどけて欲しい。返事を聞くまであの世へゆけない」と迫った。親類中の顔も妹に向けられている。切羽詰まって首を縦にふった時、皮ばかりの手がすっとのびてきて、不思議な程の力で妹の手をつかみ、「頼みます」とはっきり言って亡くなった。哀しい臨終であった。

初盆には妹が主になって供養した。三十年間の伯母の一人暮らしは、まさしく潔しにつきた。本箱や茶簞笥の位置も全く変わっていない。伯母の息のかかった古びた家具や畳には、伯母の霊が宿っている感じがした。簞笥の中には趣味のよい着物がぬい直して入れてあり、水屋には有田焼の組ものがきちんと並べてある。縁者の目は妹の出方を冷やかに見つめていた。伯母が大事に身につけたもの、愛用した品々は、そっくり伯母の血を引いたKさん姉妹にまかせることにして、妹は仏壇だけを引きとった。

その後、体の弱い妹は、その屋敷には住んでいない。二百坪程の無人の屋敷は荒れ方もひどく、いよいよ踏み込めないありさまである。見かねた親類、知人が売ってくれと勝手に値をつけては相談に来られても、妹は決して手放さないであろう。あの家の中には、まだ成仏しきれない伯母が端座しているような気がしてならない。

青田風

この度は少し体をこわし、兄の治療を受ける名目で帰郷した。ところが着いた翌日、兄夫妻は金沢に出発した。第一回ビルマ遺骨蒐集団の親睦会へ出席のためである。旧婚旅行をかねての旅立ちでもあった。

田舎医の一日はまことにめまぐるしい。時間の区切りもなく治療を行うのである。兄の助手をつとめる小柄な兄嫁は、終日廊下を小走りして一人数役の変身に忙しい。周囲も安閑と見ているわけにはいかない。誰もが手助けすることになる。兄の留守中「本日休診」の札がかかっていても、薬だけでも欲しがる人、往診依頼の電話も次々にかかってくる。

わが家の厨から解放され、はるばると治療に帰ったつもりが留守番役を頼まれてしまった。体の不自由な妹と甥達の食事も作るはめになった。茗荷と南瓜の味噌汁、焼にがごり、いんげんのごま和えなどを作ってやると、妹は昔の味だといって喜んでくれた。

女学校時代の友達から誘いがかかってきた。五、六人集って昼食会をしようということである。私は喜んで出席した。それぞれに若い頃の面影が残っている。はや孫が二人という人もいた。今なお、日の丸鉢巻をしめた頃のように気合いの入った面々である。何れも温和なご亭主によって和が保たれているようである。私も調子に乗ってはしゃぎ出すと、「三十年前と同じ顔している」「相変らず話しぶりがおもしろいね」とほめられているのか、年相応の貫禄がないとみくびられているのか。学生の頃は、クラス一大真面目なふるまいをしているつもりが失敗ばかり繰り返していた。何をやってもこっけいに映ったらしい。楽しい半日であった。

友の家を出た後、私は旧女学校のあった辺りをさまよいたくなった。そして仲好しであったKさんに無性に逢いたくなった。昔のままの位置に隆勝堂という菓子屋があった。そこでマルボーロを一箱買って、タクシーを呼んでもらった。「三河村緒玉へ行って下さい」「緒玉はどの辺ですか」「坂本繁二郎氏のアトリエが近くにあったように思います」運転手さんは首をかしげながら走り出した。京町を抜け、白花の酒倉の横を過ぎた。町はずれのかまぼこ屋もまだ続けている。家並みがとぎれ、白い道の両側はまぶしいばかりの青田がそよいでいる。

「あっ、橋が見えた」いつもKさんの家に遊びに行った折、この橋まで送ってもらった。その橋からすぐのような気がして、私はその橋の手前で車を降りた。さっさと歩き出したが、ゆけどもゆけども青田風に吹きさらされた。後方から自転車がきた。「Kさんの家を御存知ですか」「前方に見えている家から右へ入って三軒目です」と教えられた。

私は駆け足で夕暮れるKさん宅に飛び込んだ。Kさんは昔のままの框に腰かけていた。

「ワァー」とびっくりされた。苺作りの講習会からいま先帰ったところで、タイミングのよさをお互いに喜びあった。Kさんは女学校を出てすぐ婿養子を迎えた。二人娘の長女に生まれ、迷わず農婦として歩んできた。クラスで一番数学ができ、絵も書も上手で気だてのやさしい人であった。年中お日様の下で働いているのに色白で澄んだ目をしている。何から話していいか、私たちは畦道を歩きながら三十年前のことばかり思い出していた。

戦争末期、学徒動員されて風船爆弾を作っていた。糊当番の日は朝四時出勤であった。家からではとても間にあわないので仕方なく寄宿舎に入った。毎日毎日ひどい食事で高粱飯に菜っぱの岩塩汁、沢庵二切れがわびしくつぎ分けられていた。四年生で新入りの私は一、二年生並みの扱いを受け、何かと小さく暮らしていた。夜ごと空襲があり、もんぺを着てズック靴を履いたままの丸寝であった。リュックを枕代わりに寝た。一夜に数回長い雨戸を開けたり閉じたりの忙しいこともあった。防空壕は蓮堀を渡った小公園の林の中にあった。やせっぽちで運動神経のとろい私は、急いで退避する時押しまくられて何度蓮堀に落ちたことか。命がけの緊張のさなか、またかとみんなくすくす笑った。とにかく一年余の寄宿舎生活はつらいひもじい想い出しか残っていない。その頃Kさんは恵みの神様で時々さし入れに来てくれた。目の覚めるような銀米の握り飯や、白玉団子の美味しさを忘れることはできない。

この度の再会で改めて終戦前後のことを思い出した。足許がうす暗くなるまで畦道に腰かけていた。うしろに坂本繁二郎氏のアトリエが建っている。八女風景をスケッチされた頃と、いま眺めている緒玉村の雰囲気はいささかも変わっていないのではなかろうか。山脈に囲まれた緒玉村は静寂として昔ながらの農家が点在し、ハイカラな家も見あたらず、畑や田んぼも広々として空気が澄んでいた。緑と土の匂いが満ちていた。家の裏には溝が流れ、淵には数珠玉の葉が青々とのびていた。私が遊んだ頃の三十年前のフィルムが再現されているような感じがした。

畑の手入れをしている老夫妻がKさんの両親で、昔と変わらず朴訥な挨拶をされ、私のために初物の葡萄を一房摘んでこられた。長い間音信を絶っていたのに家族ぐるみで歓待された。膳いっぱい御馳走されたが、中でも焼茄子が何よりなつかしかった。あの頃はプロパンガスの火でなく、藁火で焼かれ何ともいえぬ甘味があった。

すっかり話し込んでKさん夫妻に車で送ってもらった。夜道には蛍がとび交い、河鹿がころころと鳴いていた。

寒の梅

終戦間近、父は戦場の露と化した。七人の子はみな在学中であった。未亡人らしくひっそりとした呼吸をしない母に反発した時期もあったが、学資と食費のやりくりに泣くことさえ許されなかった。母の当時の年齢にゆきついた今、私にはとても真似できないと思う。両親の役目を一人で果たしてくれたのである。あの暗い時代に敗戦を呪ったり、仏門に帰依したところでどうにもならなかったであろう。天災、人災の苦しみにも乱心せず、潔く筍生活を繰り返した。

母の黒髪はゆたかであった。髪の多い女は苦労性だと聞かされているが、母の場合は、その一すじ一すじがたくましい母親としての生命力をもやしているように感じられた。食糧難の頃でも貧しい表情をしたことがないので、親類の同情を得ることはまずなかった。一日一日を如何に無事に過ごそうか、母子家庭の灯を消すまいと小さな力を寄せ合った。母は世間体をあまり気にしないたちで、何かに立腹しても夕立型である。どんなに裏切られた相手でも、昨日の敵は今日の友、次の幕では茶を汲み交わしている。人の面倒をみることが、しんから好きである。台所や茶の間の主のような母ではなかったが、いろんな角度から写せる母である。新聞活字のたまらなく好きな母、涙脆く腹の底から笑う母、仏様の花を絶やさない母、漬物上手な母、七人の子の情報にくたびれない母である。戦後二十数年、母として女の一人歩きを踏み迷わず、父の遺影を守り抜いて意義深く年を重ねている。

母は無類の旅好きでもある。父の遺族年金をためて沖縄へ飛んだ時の旅信は「礼子さん、あの時沖縄の女学生だったらと胸がつまりました。戦争の爪跡はいまだに消えていません。生き残ったことを無駄にしないように」という文面であった。後をふり返ると、あまりにも大きな犠牲が埋まっている。長い戦いで得た平和の価値を、母は切実にかみしめているのである。

母は戦後、毎年寒さの一番きびしい二月に靖国神社参拝に来た。その時は私も呼び出される。ある時は吹雪の九段坂を上るが、一歩一歩母は喜びを隠しきれない顔をしている。寒梅が二、三輪白々と咲き匂う頃、九州の母は訪れてくるのである。

天に星地に花

昭和五十一年花冷えの四月九日未明、武者小路実篤氏が亡くなられた。テレビニュースで速報があり、夕刊に大きく報道された。

私は旧制女学校を出た年に父親を亡くし、悩み多き青春を過ごした。短歌の仲間から、宮崎県に「日向新しき村」のあることを知らされた。人道主義作家のつくった理想郷にひたすら憧れ、訪ねてみたいとしきりに思ったが、その頃の私には旅費の工面もつかなかった。

「この道より我を生かす道なし、この道を歩く」私はこの一言を大切に生きてきた。つまずく度、壁にぶつかる度にこの玉条に励まされ、わが道を歩みつづけてきた。

俳句仲間と木曾、諏訪方面へ旅をした折、今村氏（富士在住の教育家）と隣席した。武者小路先生とは旧交があり、作品をたくさん蒐集している。生涯かけて武者小路記念館を創りたい夢など話され、大へんな崇拝ぶりであった。私も若い頃、「新しき村」に憧れ、人生の機微を描かれた色紙を折にふれてもとめている。絵も書も見ているだけで心がなごみ、生きる意欲が湧くことを申し述べると、直筆の絵を一枚送ろうと約束された。まさかと思っていたのに、数日後本当に届けられた。貝の墨絵で実篤と署名してある。先生の初期の作品である。

その後、突然今村氏より電話があり、「今から武者小路先生宅を訪問するが一緒に行きませんか」と誘われた。私はお見舞いに生みたての玉子を用意した。京王線のつつじヶ丘駅で待ち合せ、若葉町までタクシーで向かった。

玄関を入ると広く薄暗い廊下の奥から幽かな足音がして、美しい老女が出迎えられた。かぼそく品の佳い方で「先程からお待ち申しておりました」と一言いわれ奥へ楚々と消えられた。鷺草の花のごとき女人を再び見ることはなかった。

武者小路先生は和服姿で、部屋をゆるゆると歩きながら、西洋の画家たちを訪ねた遠い日の話をぼつぼつと語られた。絵を描かれる部屋も見せて頂いた。「最近寝ている日が多いが、調子のいい日だけ起きて気の向くままに描いている」と話され、机の上には野菜が並んでいた。

その後、今村氏から次のような手紙が届いた。

「ところで今日は一つお願いいたします。と申しますのは、武者小路先生のところにあなたの御都合のつく時、画に描く材料を時折届けて頂きたいのです。ずっと前、先生が伊豆長岡温泉においでの頃は私が富士からこれはと思う画材を何回も届けました。先生はそれを喜んで描かれました。一昨年でしたか友人が『仏手柑』と『三宝柑』をお届けしたら実に新鮮なすばらしい傑作を描かれました。先生は花より実のようなものを描きたいと申しております。そこであなたがそのあたりを散歩した時注意してくださって、これはおもしろいと思われるものがあったら届けてほしいのです。玄関でさっと渡してお邪魔しないでお帰り下さい」

私はこのお役を大切に思い、さっそく深大寺周辺を歩き廻った。三日間枝道を分け入って丹念に歩いたが、画材をさがすことは大へんなことであった。住宅地をうろうろ歩き、枝つきのざくろ、侘助、小菊などこれはいいと思っても、垣根があり塀が高い。植物に囲まれた深大寺界隈に住んでいるので簡単なお役と思ったことが、いざ引き受けてみれば、かくもむずかしいことであった。ふと見上げた門のわきに富有柿が数個なっている。かりんの実もぶらさがっている。何ともおもしろい。これは絵になると思った。思いきって勝手口の扉を押し、簡単な口調でお願いした。快く承知され、梯子をかけて惜しげなく枝ごと剪られた。ついでにかりんも頂いた。かりんと柿を括ったが、枝が張っているのでバスや電車に乗るにも一苦労した。仙川で降り、花屋さんで水仙を一束買った。タクシーに乗らず人通りの少い裏道を遠廻りしながら歩いた。武者小路氏宅を目前にしてかりんの実がぽとりと落ちた。玄関先で留守番の人に渡した。折角のかりんは針金で枝にくっつけてみようと言われた。

白侘助

春はあけぼの、毎朝雨戸を繰るのが楽しみである。目の前に春曙紅がほんのりと浮かんでいる。透きとおるような気品のただよう椿である。優しくて可憐で、ほのぼのと心なごむ花である。いつ頃から椿を恋うるようになったのであろう。

七、八年前、建売住宅を買った時、目隠し用のひむろ杉数本と乙女椿一本が植えてあった。待望の庭を得た喜びに、四季折々、植物園にでかけては鉢植えを買って戻り、狭い庭に移し植えた。三色菫、アネモネ、都忘れ、おだまき、紫陽花、鷺草、白粉花、鳳仙花、撫子、桔梗、萩、菊、水仙など、季節の草花をあれもこれもと寄せあつめた。ところが二年目にかぼそくなり、三年目には消えてしまった。外側のひむろ杉が年々根を張って草花の肥料を吸いとり、枝を広げ陰を作って木雫が草花を弱らすそうである。かくてせっかくの好きな草花も、一春一秋のいのちであった。

ひむろ杉は新緑もえる頃のいっときはいいが、思いきり刈り込まないと見た目にうっとうしいし、さわればじかじかと肌をさす。とにかく駄木である。植木市がある度に椿を一本もとめては、ひむろ杉を抜き捨てた。これを引き抜くのは難儀であった。二日がかりで腰の蝶番がはずれるぐらい力がいる。やけになってスコップを動かしていると、指の皮がすりむけまめができ、風呂に入る時は悲鳴をあげたくなる。

道路に面した庭であるから、やはり目隠しが必要である。一年中緑の葉があって、しかも花の咲く木がよい。日本の乙女椿がよく育っている。椿はもともと好きな花ではなかった。落ちかたが気に入らない。ところがわが狭き庭には椿が調和するようである。

ここ数年来、ひむろ杉はすっかり椿と交替してしまった。そして、話しかけるまでに椿を好きになった。バスの窓から植木市が見えると、たいていの用事は放棄して、さっさと降りてしまう。そして顔みしりの植木屋さんと椿談義をする。

「姿はいいが、葉の色が悪いようですね」

「うっかり霜にやられてね」

「いきおいがいいのに蕾が少ないようですが」

「少し肥料が多過ぎたのだろう」

「酒中花はありませんか」

「あんたも俳句をやるのかね。俳人とやらが欲しがる椿だね」

「譲ってくれませんか」

「一本だけもってるけど、こればかりは秘蔵っ子で売れねえな」

植木屋さんにあっさり断わられた。

ひとつ咲く酒中花はわが恋椿　　波郷

波郷先生の恋椿にはなかなか巡り逢えなかった。

三、四年前、中村金鈴氏（俳人、人形師）宅に豆雛を作って頂きたく伺った。青春期を私のふる里筑後柳川で過ごされた由、いろいろと昔話をされた。まだその頃は柳の映る川の水もさぞ澄んでいたことであろう。汲み場に立たれて白秋の詩を吟じられたこともあろう。金鈴氏は椿の話におよぶとひょいと庭先に下りられ、一鉢を大事そうに抱きかかえてこられた。まさしく宝物を運ぶ物腰であった。三尺余のみごとな酒中花でほどよく開花していた。私は幻の酒中花を夢心地で見つめた。金鈴氏の眼差しも優しくうるんでいた。波郷先生の形見だと話された。

それ以来、椿市があれば必ず出かけて植木屋さんにお願いした。そして、今年の松の内が明けてすぐ神代植物園から電話があり、ついに手に入れることができた。暮れの世田谷のボロ市で肥後椿を買った折、植木屋さんに依頼していたものである。私は霜柱を踏み鳴らしながら受け取りに行った。固い蕾が三つだけついた一尺たらずの酒中花を、来客の誰彼となく紹介した。人々は私の昂奮ぶりに首をかしげた。

植物園の人に、「温室育ちだから、寒風の日は室内において鉢のまま咲かせて下さい」とわざわざ注意されていたのに、寒中十日ほど帰郷することがあり、旅立ちの朝、地におろした。異常寒波にとまどってつむじをまげたのか、万愚節が過ぎても一輪も開こうとしない。毎日待ち暮らしているのに、いつ微笑んでくれるのであろうか。

わが庭では薄桃色の侘助から咲き始める。ぽつぽつ咲き揃った頃、春の雪や霜を浴びると一変して錆色になり哀れである。傷んだ花はさっぱり落として二番咲きを待つのである。大神楽、岩根絞、狩衣、太郎冠者、光源氏、京錦、千代田錦、都鳥、伊豆の淡雪、雪見車――神と人との合作であろうか、絢爛たる花弁である。昨年咲き過ぎて今春は花が少ないが、空間のある方がかえって美しくあでやかである。見飽きないのは白玉椿で、絹張りのような花弁に朝日が透ける時は清らかで心の底まで洗われる。昨々秋の深大寺新蕎麦祭の折、手に入れた白の侘助も今年はじめて二、三輪咲いたが、その名の如く侘しさを極めた花である。品がよくて、茶花にもっともふさわしい風情を備えている。これぞ、私の意中の花としよう。朝に夕に庭下駄をつっかけてしみじみ話しかける。

「一年越しに待ってました。侘助さん、よく咲いてくれました」

その眩しさ清楚さを讃える。昼餉はいつも一人、残り物ですます膳はいたって侘しい。私は庭にとびおり、裏枝に咲いている椿を切って硝子の皿に浮かべる。何とゆたかな食卓になることか。

紅椿といえば、静岡の吐月峰の庭を思い出す。地面を覆いつくした落椿のさまを見ていると、瞼がおもくなった。一歩一歩花のじゅうたんにめり込むようであった。そして、熱海の坪内逍遥の書庫の前庭の椿の落ちざまは、配置よろしくまさに劇的であった。

京都龍安寺の中庭の白侘助も生涯忘れられない。閉門前の禅寺は静寂そのもので、ひんやりした廊下に正座して眺めた。このところ素朴で温かい感じの椿も好きになった。あっさりとした一重のやぶ椿になつかしさを感じる。

ふる里の山寺には、古木のやぶ椿があった。昼間も小暗い苔の生えた石段にあざやかにころがっていた。前垂れにいっぱい花を集めては首飾りをつくった。絣の着物によく似合った。椿の咲く頃は春休みで、終日のんびり遊べた。川端にも大きなやぶ椿があった。幹によじのぼり、咲いたばかりの花をもぎとって蜜をすすった。春一番が吹くとおびただしい椿が落ち、水面を真紅に染めた。早瀬を流れるさまは鮮烈であった。冷えきった山峡の水もようやくぬるみだすのである。

竹の里

福岡県八女郡辺春村大字上辺春が、私の出生の地である。「辺春」と漢字で書くとよいが、「へばる」と平仮名で書くとやはりおかしい。小学校時代までは聞きなれている故かなんとも思わなかったが、女学生の頃バスの中で、「次は、しもへばる」と車掌が言ったとたん、一人がくすっと笑った。「へばるとは変わった地名だな」とまた誰かが言うと、一度に笑い声がひろがった。旅行者の耳には、たしかにおかしな音感であろう。それ以後、私はへばる村出身とは何となく言いためらうようになった。

八女郡には光友、白木、星野など美しい語感の地名がいっぱいある。しかし辺春村こそ、私を育ててくれた風土である。青い山脈、澄みきった川、そして山の幸に恵まれている。農家は筍、茶、山菜、栗、みかん、こんにゃくなどで副収入が得られ、ゆたかな村である。

春の半ば、市場に筍が出はじめるとしきりに望郷の念が湧き、日頃疎遠になっている兄妹たちの消息が知りたくなる。もっとも筍好きの私だけがふる里を遠く離れて住んでいる。眩いほどの桜鯛と土の匂う掘りたての筍を並べて、片方だけ持ち帰れと言われたら、私は躊躇なく筍に手を出すであろう。筍は竹の皮の先が淡い黄色で、全体の格好がずんぐりして、皮を剥いだ時白っぽい肌であれば味は最高である。あの独特な歯ざわりと、まろやかな甘味が何ともいえない。先が青く皮が黒っぽく背高なのは、地面をぬきんでて日や風にさらされたものである。はや竹の雄々しさが加わり、とくに節のところはくりぬかないと硬くて食べられない。

筍の時期は雨が降る。一雨ごとにずんずん伸びる。土の中から飛び出さないうちに掘りあげないと、よい値では売れない。村の人たちは、朝食もそこそこに一家総出で山の竹林に出かける。深々と掘り起こし、濡れた土のついた筍を天秤棒でかつぎ下ろす。雨の坂道を滑らぬよう爪先に力をこめて下りるのである。それが連日であれば、肩こりや腰痛の患者が続出する。朝の仕事前に痛みどめの注射をうちにやって来るので、父は農家の生活に合わせて早朝から治療していた。

通院の患者さんから、次々に掘りたての筍を頂く。おかげで勝手口の土間は歩きにくくなる。筍は時間がたつほど固くなるので、こまめに処理しなくてはならない。米のとぎ汁でゆがけば、筍のえぐさがとれる。厚切りにして味噌炊き、わらびと煮しめ、木の芽和え、精進揚げ、新わかめとの吸い物、筍飯……。最盛期は毎日のように筍が膳に並ぶ。中学時代の兄は、「また今日も竹を食わせるのか、栄養失調になるぞ」と嘆いたものである。私は毎日食べても決して食べ飽きなかった。

竹が伸びて皮を脱ぐと、その皮を拾ってよく洗い、一晩つけたもち米をその皮に一つかみずつ包んでせいろで蒸す。形が拳のようで、「おにのてこぼし」と呼んでいた。五月五日の端午の節句にこの「おにのてこぼし」「粽」「山帰来饅頭」を供える。私はこの三つの中で「おにのてこぼし」がいちばん好物であった。台所で蒸している時から、竹の皮の匂いがたちこめて食欲をそそった。生醤油か食塩をつけて食べる。あっさりしているのでいくつでも食べられた。もう三十年以上食べていないが、その味は舌の先がしっかり覚えている。気温の不揃いな時であるが、不思議と腐らず保存食にできる。昔、兵隊さんに面会にゆく時たくさん作って届けたそうである。

村には筍の集荷場があり、朝掘りの筍が山のように持ち込まれては町へ運び出された。女学校に通った頃の道路は、まだ道幅が狭くでこぼこ道であった。その道を筍を満載したトラックが、ひっきりなしに通り、もうもうと土煙を上げる。紺の制服は灰かぐらをかぶったようになり、おさげ髪は毎日洗わねばならなかった。町へ運び出されても、まだまだ筍はあり余った。

そこで村に缶詰工場が建てられ、若い者の働き場として賑わった。短期間であるが、小遣い稼ぎになるのである。大きな煙突から終日煙を吐き、蒸気の音が聞こえ、筍の茹で水が音をたてて川に注ぎこむ。工場の表には銀色の缶が積み上げられ、運搬車が出入りして活気に溢れていた。ところが裏にまわれば筍の皮が山と積まれ、鼻をつまんで走り抜けるほどの臭気をかもしだしている。それがまた、堆肥として竹林にまかれるのである。

筍の缶詰工場の蒸気が鳴り出すと、澄みきった「辺春川」が一変した。工場から流す筍のアクが沈殿して川底の石にからみつき、うっかり川を渡ると水中に尻もちをついた。洗濯物もその期間はすすげない。少し水を動かせばたちまちにごり、かえってよごすようなものである。

筍の時期が終わると、工場は休みになる。梅雨に入り、二、三日たたきつけるような雨が降ると川は大掃除される。掘り残された筍は若竹となり、朝に夕にさみどりの風が静かにそよぎ、竹の里は涼しげな夏を迎えるのである。

八十八夜

初摘み茶届く八十八夜かな

私達が小学生の頃は、学校行事として茶摘み休みが十日ほど与えられた。当時ほとんど手摘みで、摘むのは女、子供の仕事とされていた。てぼ（竹で編んだかご）を腰に結わえるか、木綿の前掛けを折り曲げて摘みとった。茶っ葉を摘んだ手は指先がくろずみ、洗っても容易には落ちなかった。生茶は農家の土間いっぱいに筵を敷き、山と積み上げられた。茶摘みは四月下旬ごろから三十〜四十日間隔で三回ぐらい行われるが、最初の一番茶が最も品質もよく香りもよい。二番茶、三番茶になると質が低下する。生きた青ものであるから、手早く処理しなくてはならない。葉は蒸したり釜で炒ったりして酸化酵素の働きを止め、茶特有の鮮緑色を保たせながら、よく揉み上げて乾燥し製品に仕上げる。

風薫る小字にひとつ茶工場

茶摘みの頃のふる里は、茶の香りが山峡に満ち、茶工場の音が終日賑やかである。茶のにおいの染みついた人々が工場の内外を動きまわっている。現在は大方機械まかせで、操作さえすれば早くて衛生的に仕上げられるが、昔は手揉みの釜炒り茶であった。納屋の片隅に五右衛門風呂ふうの鉄の釜が据えられ、下から薪を焚きながら、腕まくりした両手でかきまわして揉まれていた。額には玉のような汗が噴きだし、顔面は赤黒くほてっていた。これは男手でないと、とてもかなわぬ労働であった。

通りがかりにちょっと立ち寄ったりすると、その炒りたての茶をご馳走された。茶所のせいか、人の顔さえ見ればすぐに茶を入れる風習がある。炒りたての香ばしい茶に、漬物の茶うけを手皿でいただく。どちらも自家製の手づくりで風味満点である。

私は八女茶の産地、八女郡で生まれ育ち、京都（宇治茶）、静岡（藪北茶）と移り住み、今はむさし野（狭山茶）の一隅に住んでいる。日本の有名茶所を一巡したが、おもしろいことにそれぞれが日本一と称して売られている。

静岡は、やはり天下にきこえた茶所で、産量は最も多く著名度も高い。駿府城の近くで四年ほど暮らした折、同じ値の茶を片っぱしから別々の店で求めて飲み比べたが、その味は微妙に一味ずつ違っていた。安倍川を挟んであっちの山こっちの山で、茶っ葉の値が違うそうである。日の当たり方、地質、雨量、それに方々の茶畑でとれる葉の混ぜ加減、蒸し加減など各自の茶工場の秘法があるらしい。

新茶売る一塵もなき竹茗堂

人に送る時は著名な竹茗堂が選ばれる。その店の売り子はみな素顔である。化粧は許されない。茶を扱う者は、茶以外の香を身につけることは固く禁じられている。さすがにのれんを大切にする店だと思った。

針の如き新茶仕上げぬ老博徒

宇治茶の老舗の主に聞かされた話だが、最高の玉露作りには博徒の手が一番むいているそうだ。サイコロをふる手は常にしなやかな指を心がけている。しかも勘どころのいい手さばきでないと、あの絹針のような細いひねりには仕上がらないらしい。

触れるだけで折れそうなこわれものの至芸品を作るには、十年の年期がかかる。一カ月働けば、一年間食べていかれるほどの高賃金が支払われた。大方の博徒は気風がよく、いなせなので、茶摘み娘たちは熱をあげて身のまわりの世話をやいたそうである。

茶柱のたちてほのかや木の芽風

朝の一番茶をいただく時、或いは旅立つ時に茶柱が立つと、縁起がよいといわれている。また心をこめて願かける時、茶断ちを行う人がいる。一片の茶柱で幸せを感じたり、神に大事をかなえてもらう代償として茶を断つなど、私達の実生活と茶はよほどかかわりが深く、敬虔な気持ちでとり扱われてきたのであろう。

来し方を悔いず新茶の佳き香り

香の物

「漬物上手は世帯もち」と私のふる里ではいわれる。それは祖母から母へ、そして娘へといいつがれる。田舎で旧家といわれる家には、白い土蔵が二棟も三棟もどっしりと構えている。その蔵の中には冠婚葬祭用の衣類、由緒ある木箱、掛軸、塗物の椀、膳がきちんと揃えてある。そのほか客用の座布団や布団の幾組かが長持に納めてある。

もう一つの蔵には穀物類やいろいろな保存食が囲ってある。家伝の味噌、梅干、古漬の沢庵など、それぞれ漬けた年月日が書き入れてある。漬物樽の数が多い程、台所をあずかる主婦には貫禄がついてくる。

私のくに九州は高菜漬が名物である。寒のうち悴んでいた高菜は、霜がとけはじめ一雨ごとに畑に行ってみると、おどろく程急速に伸びひろがる。株の隙間がみるみるうちにふさがり歩けなくなる。紫がかったちりめん高菜に黄蝶が舞うのは美しい。

水ぬるむ三月半ばより四月初旬にかけて、一株ひとかかえもある菜をよく洗って水切りをし、一日乾して軽く塩もみして樽に漬け込む。楕円型の頑丈な樽である。あの独特な匂いのしみた古樽に二、三日水を張ってたがを緊める。そして陰干して内側を塩で浄める。広い納屋に筵を拡げて四斗樽に二つも三つも漬け込む。重石がきいて塩水があがったら次は本漬にする。底から平らに並べて塩をふり、鷹の爪のきざんだのを散らす。それを繰り返してゆく。赤い鷹の爪が何かの拍子に唇にふれたりするとヒリヒリと皮膚が剝がれそうな刺激である。最後に井戸水でよく磨いた石をのせる。その上に大風呂敷をかぶせて埃をさえぎる。ほかの菜っ葉のように一夜漬では食べられない。日数の浅いうちは青臭く、辛子菜漬とよく似ている。それがだんだん鼈甲色になると、その風味は天下一品のうまさとなる。

麦秋の頃、農家の人はこれを小さく刻んで鉄鍋で炒めておく。胡麻や鰹節を混ぜたりしていちどきにたくさん作る。梅雨のさなかでも一週間ぐらいはカビもこない。疲れた体でも御飯がすすむ。あの臭みを東京の人はいやがるそうだが、私たち九州出身者にはたまらない郷土の味である。炊きたての麦飯に高菜漬、これはふる里へ帰る楽しみの一つである。

京都に縁づいて長女をみごもった時、つわりがひどくて困った。何も咽喉を通らない。錦町まで出かけて行き、すぐきの葉を買ってきて刻んでみたがやはり違う。舌が異常に敏感で受けつけてくれない。とうとうふる里へ手紙を書いた。「何も食べられず困っております。至急高菜漬を送って下さい」と頼んだところ、「年末で大抵の家は食べつくしている。無理をいってやっとわけてもらった」と添え書して、そのなつかしい匂いの小包が届いた。少し汁が滲み出している。ほかの小包に移り香したかも知れない。郵便夫の方に深々と礼をして受けとった。

私は荷紐切るのももどかしく高菜の根元をかじった。その瞬間から嘘のようにつわりが消えた。神経性不安症もホームシックもなおった。二十五歳まで九州の地を一歩も出たことがなかったし、都ことばや腹の中を見せない京女のきつさに少々疲れていた。胎児に悪いと知りながら、唐辛子と塩分のきいた刺激のつよい漬物を高貴薬のように大事に頂いた。

＊

市場に行って大根漬を切り売りしてもらう。そんな時、真ん中あたりのすのほげてないのが手に入ると嬉しくなる。大抵は半分切りにして、「どちらにしますか」と聞かれる。私はしっぽの方を買う。頭の方より柔いし味があるからだ。一寸位の縦切りが味は逃げない。あまり色の付いていないのがよい。通人は化学調味料を嫌がる。少し味が変わったら細くきざみ、生姜を混ぜればよい。酸味が出たのは水にさらして酒にひたせば又乙な味がする。

高槻の城下町に住んでいた頃は転勤もなく、自分で漬物を楽しんでいた。乳母車を押して行って農家の人から直かに大根を分けてもらった。さて漬樽がない。醬油屋に行ってやっと空樽を譲ってもらった。その頃長女が二歳、長男がおなかの中にいたので、一駅離れた場所からどうして樽を運ぼうかと思案した。乳母車を改札口にとめて駅員さんに頼んだ。「漬樽を買いに次の駅まで行きます。三十分程この子をお願いします」。

私の一途な表情と異常な体つきに駅員さんは苦笑しながらうなずいてくれた。乳母車の中に長女を入れ菓子袋を持たせておいた。せかせかと帰ってくるとおとなしく待っていてくれてほっとした。寸志をさしあげようとしたが、小荷物扱いにはされなかった。今から思うと冷汗が出る。人を信じるということは、大へんな思いつきをやらかすものである。

そのように苦労して漬けた沢庵は味がよかったので、訪れる人ごとに土産にとすすめた。迷惑しながらもらった人もあったかも知れない。渋柿の皮を陽に乾して保存しておいたものに糠を混ぜて漬けた。重石のかげんも難しい。重みがかかり過ぎると水分が出過ぎて固くなるし、軽いとすぐ酸味がくる。歯切れがよく、色彩、味と三拍子そろうまでは主婦の勘の働きであろう。教えられたとおりにことを運んでも、ふる里の沢庵の味とは少し違うようである。

転勤がはげしくなるにつれて、丹精こめた漬物はできなくなった。兵庫から新潟へ引っ越す時、古樽と漬物石に運賃をかけるわけにはゆかないと置き去りにした。漬物好きの私にとって何より大事な樽と石であった。

＊

白菜漬は亡き父の好物であった。酒の肴に白菜の一夜漬を何より喜んだ。霜のかかった頃の白菜は甘味がます。畠からざくりと切りとって冷たい水ですすぎ、二つ割か四つ割にして米のとぎ汁を注ぎ塩をきかして重石をする。新鮮な歯ざわりを楽しむ一夜漬である。父の白菜をかむ音はまだ耳底に残っている。

新潟に移り住んで、白菜漬の極めて上手な女人と知りあった。雪国にとって貴重な漬物を気前よく度々分けて下さった。柚子と昆布と塩気がほどよく調和して何ともいえぬうま味であった。長い冬籠りの間、気の合ったその友とはよく話をし、食事を共にした。

越後湯沢には折々足を運んだ。高原スキー場の新雪の清浄さは今もまなうらから消えない。うっすらと積っているため、山兎の足跡がぽつんぽつんと残っていた。まだスキーシーズンには少し早いのか宿もひっそりしている。冬の客に備えて漬け込まれた菜漬はしみじみと年季の入った味であった。朝の食膳で一寸切りの菜漬をかむと薄い氷片をかみあてたりした。

＊

京都付近は野菜が豊富である。蕪も大きくて柔い。千枚漬はまさしく都にふさわしい上品な漬物である。秘伝による美味しさはとうてい真似できない。初冬からお目にかかり、あっという間に店先から姿を消す。ちょうどその時期に行かねば手に入らない。そのほか、ひのな菜漬、すぐき漬、木の芽漬、菜の花漬、どれも京都の古いのれんの味である。柴漬を売り歩く大原女の声も旅人の耳にやきつくひなびたセリフである。ぶぶ漬を買ってきて素材を確かめてみたら、蕗、筍、昆布、それ等ひとくせあるものをうまく調和してあるのに感心した。日本人の舌の感覚は確かにすぐれていると思う。

広島に住んですっかりなじみになった広島菜漬は、毎日でも食べ飽きない。塩、昆布、鷹の爪、糀などで漬けた歯ざわりのよい菜っ葉漬である。

東京のデパートで漬物まつりがあり、私はとんでいって広島菜漬を買った。原産地の四倍の値にびっくりした。地方の漬物はやはり当地で食べてこそ本物の味がかみしめられる。

我が家の朝食は米食である。漬物のあざやかな色に目が覚める。小蕪、茄子、瓜、茗荷、人参、胡瓜、独活、それぞれの色彩と風味を失わないように、食卓に顔がそろってから庖丁を入れる。「家で漬けたものは美味しいね」と言ってくれるのが嬉しくて、毎日新鮮な野菜を買いにゆく。一夜漬の材料だけはもぎたての一級品を選ぶ。糠漬は朝夕かまってやらないとすぐ味が変わる。

私が折にふれて作るはりはり漬は酒客に喜ばれる。大根の切干しを消毒する意味もかねて熱湯にひたす。その間にこつがある。早ければ固く、遅ければ味が逃げてしまう。ポン酢、醬油、酒、唐辛子に漬ければよい。刻み昆布やレモンをしぼり入れることもある。胡瓜の塩揉みに青紫蘇を合わせたのも季節の香りがあって楽しい。私の三度の食事は漬物でしめくくりたいのである。

＊

青梅やラッキョウが店先に出はじめるといずれも独特な香りで私の嗅覚を刺激する。

戦中育ちの私は、梅干だけ入れた日の丸弁当を持って勉学し作業にいそしんだ。ほとんど毎日お世話になった。現在は美食に飽きた人達が、梅干入りの握り飯に郷愁を感じたりする。昔は腹の病気の時は、梅干がゆと決まっていたようであるが、今ではインスタントの流動食が売られている。ミキサーという重宝なものでらくに栄養がとれるようになった。しかしやはり生米からぐつぐつと煮て梅干がゆを作り、それが舌先に美味しく感じられるようになったら快調の兆しである。

紫蘇漬も好きである。紫蘇の香は暑気をはらう。丹念に一枚一枚茎からもいで水で洗い、塩もみして梅酢と合せたらあの天然の紅が滲みでる。三日三晩干した梅といっしょに壺に漬け込む。今年はよく染まったとか、紫蘇が少なかったとか、紫蘇を入れる時期がちょっと遅かったとか、いろいろと気を揉むのも主婦として楽しみである。

ラッキョウは毎年少しずつ漬ける。

漬物の種類が多いのも、又それを好んで食べるのも日本人なればこそであろう。米食対パン食でそれなりに意見はあるようだが、長い間の生活習慣は簡単には切り替えられない。栄養は別として、郷土の味、家に伝わる味は失いたくないものだ。毎朝梅干と緑茶をすすって私の一日がはじまるのである。

第二章　桜に想う

雪にも負けず

「雪もよひ」という美しい季語がある。

雪の降り出す夜は、雨戸、障子、カーテンと二重三重に閉じていても雪の気配をひたひたと感じる。布団に入っても雪の音、雪の匂いが、かそけく胸をときめかすのである。

少女の頃、朝目を覚ますとお盆に雪兎がちょこんと座っていた。山から小兎が迷い込んだのかなと瞼をこすった。目はつぶらな南天の実、耳は沈丁の葉であった。庭の向こうに竹林があり、風が吹くと一斉に竹が揺れ、壮絶な雪煙があがった。松の下にひと群れの水仙があった。雪の日に走り咲く一、二輪の香りが新雪の匂いかとも思われた。

戦時中のなつかしい思い出がある。兄は剣道、私は薙刀の寒稽古をやらされた。午前四時に目覚しをかけてあり、五時には家を出た。県立中学まで五里、女学校まで三里の道程を自転車で通わねばならなかった。兄が片手に提灯を持ち、運転の下手な私の前方を照らしながらゆっくりと走ってくれた。薄暗く人気のない凍る道を、二つ違いの兄が何と頼もしかったことか。あの時の灯火のやさしいゆらめき、灯火をかすめる小雪の乱舞、雪道についた轍の模様までがくっきりと泛かんでくる。

その冬のいちばん大雪の日、授業を中止して雪中行軍が催された。シャツ、ブルマー、跣で雪の降りしきる中を馳走させられる。往復二里ほど走り校庭に戻ってくると、手足は悴んでいるが、みんなの頬は桜色にほてっていた。戦中の女学生は、雪にも、教官のしごきにも負けなかったのである。在学中は日々耐えしのぶの一語につきた。

昭和三十四年の暮れ、夫の転勤に従って新潟に移り住んだ。未完成の社宅に着いて驚いた。廊下には雪が降り積もっている。明けても暮れても降り続いた。いよいよ吹雪く夜は停電し、ガスは極弱火となり、水道は出なくなった。仕方なく雪を溶かして飲んだ。そして一家四人がおなかをこわしたが、医者には雪水のせいではなく、風邪のウィルス菌が腸に入ったのだと言われた。

医院まで畑を近道して走っていると、危機一髪、肥溜めや高い柵が埋もれていたりした。私は無様な格好で転倒し、膝上まですりむいた。冬になって引っ越してきたので、雪に覆われる前の近辺の様子を知らなかったのだ。新潟の雪は一晩に一メートル二メートルと積もるから、一歩踏み出す度に膝まで埋まった。すぐ裏の家へゆくのも怖かった。

社宅は丘のてっぺんに建っていた。ひと月前までは大根畑で、新建材であっという間に組み立てられたという。御用聞きの人達は天上の家と呼んでいた。日本海から吹きつける松風の音は耳をつんざくばかりに冬中うなり続け、砂地のためか丘の裾を汽車が走る度に地震かと思われるほど家が揺れた。風が加わると二階には寝ていられず、枕をかかえて下の部屋に避難した。

屋根は雪の重みで軋み不気味な音がした。

朝起きて窓越しに眺めると、新聞配達の人が立ち泳ぎの格好で、雪をかき分けかき分け上がってくる。しばらくすると一本の道ができていた。人ひとりがやっと通れるほどの道である。雪の壁が両側に切迫している。両手に荷物をさげれば、ますます通りにくくなる。日暮れて天上の家に戻るのは難儀であった。気温が下がって坂道が凍りつくため、つかみどころのない滑り台を上るようなものだ。凍った雪の表面は刃物と化し、何回も転ぶうち膝頭や手の甲から血が滲んできた。

雪風呂に入ったと人に話せば風流に聞こえるが、バケツで何杯掬ってもなかなか風呂桶にはたまらないし、沸かせば底は砂だらけであった。

新潟での生活はふた冬であったが、九州育ちの私は大雪におびえ続けた。

ひとつだけ得したこともあった。雪の降る頃になると、絹物が底値で売り出される。十日町お召や、塩沢紬などがうそのような値で投げ売りされた。絹物は雪に濡れると縮むので、当地の人は日常生活にはほとんど着ない。私も外出の時は、地吹雪が恐ろしいので絣のもんぺにゴム長靴を履いた。

今は東京の深大寺に住んでいる。雪の降る日は珍しくなったが、毎年節分の頃か雛祭りを過ぎてだるま市の頃、奇襲するように春の雪が降ることがある。降り出してしばらくは楽しむが、だんだん植木の姿がくずれだすと、私は男物の雨合羽に頬かむりをして庭に飛び出す。悴むホースを握りしめて水を撒く。二、三時間たつと積もるのでまた水を撒く。家の者はみっともないから止めなさいと言う。近所の人が見たらこの異様な風態を何と思うだろう。それでも私は植木を守りたいのである。

狐狸庵氏（遠藤周作）は少年の頃、雨の日に傘をさし雨合羽を着て、庭の花壇に一生懸命如露で水を撒いたそうだ。その話を読んで、娘と二人で腹を抱えて笑った。ところが、私も雪の降りしきる日に植木に水を撒いたのである。

埋火の抄

深大寺に終の栖を得て荷物を解いた中に、一個の火鉢があった。昭和二十七年十月、京都の片隅で世帯をもった折、真っ先に揃えたものである。晩秋の古都は身にしみて寒かった。経済的にも近所づきあいにも不安な時、この火鉢に縋って心落ち着けたものである。連日の雪しぐれに困り、おむつを乾かしたこともあった。ふた冬ほど使用したろうか。

その後幾度か住居を移り生活も変わり、石油や電熱で暖房が取れるようになった。火鉢は筵に包まれたまま、行く先々の物置の隅に積んでいた。引っ越しの度に、日通の人から「奥さん物持ちがいいね」とか、「貧乏性だね」と言われた。

夫が本社に戻りこれで転勤がないとわかった時、不用なものは思いきって整理してもよかった。東京の住居は狭く荷物を減らさないと人間がはみ出すことになる。十回も転居し、相当乱暴に扱われた火鉢なのに、ヒビ一つ入っていない。

何か活用できないかと考える。すると息子が金魚を飼うと言い出した。早速庭の片隅に置いて水を張り、数匹の金魚を泳がせた。ところが翌朝白い腹を見せて浮いている。水道の水がきつかったのかなと思い二、三日汲み置きして再び金魚を入れたが、また同じ結果であった。もともと弱った金魚であろうかと思ったりしたが、死因は容器にあった。火鉢から灰のアクが滲み出していたのである。次に水草を入れた。ほてい草のうす紫の花が涼しげに四、五輪咲いたが、これも葉がだんだん黄ばんでおかしくなった。

そこで水道の蛇口の下に据えて水溜にした。庭の花や木に撒き終ったら、鉢の水はこぼしておく。水を残しておくと夏はぼうふらが湧き、冬は厚氷が張る。

生家には火鉢がいくつもあった。お茶の間には箱型の欅の火鉢が据えてあり、終日、鉄瓶の湯が鳴っていた。父はその火鉢のふちを膳代わりに銅壺で熱燗をつけ晩酌をしていた。子供達の話に聞き入る一家族団欒の場であった。

或る夜は、同志が寄り合い激論の場ともなった。とくに在郷軍人の幹部が集まって酒盃を交わす時は、意気盛んのあまり互いに座をけり、つかみ合いとなった。私は恐ろしさと興味半々で襖の影から覗いていた。電灯が激しく揺れ、盃が飛び交い、鉄瓶がひっくり返り、部屋じゅう灰かぐらが舞い散った。日本が大戦争へ突入する前の軍国主義最高潮の時代であった。萱で編んだ炭俵一個が三日で空になった。

父は開業医で、待合室には大きな円形の陶火鉢が置いてあった。患者さんは、その火鉢を囲みながら世間話をし、お互いの病気を慰め合った。農家の嫁さんには骨休めの場でもあり、子守りを兼ねてのんびりと順番を待っていた。

待合室にはいろいろな雑誌が備えてあった。日の出、富士、キング、婦女界、潭海、少年倶楽部、それらの本に連載されている「のらくろ」「冒険だん吉」「日の丸旗之介」「お馬どん」など、いずれも魅力があった。どの主人公も勇気があり、友情があり、ユーモアが溢れていた。毎日通院している人達は、待合室で結構楽しい時間を過ごしていたのではないだろうか。

父は母と二人で医院をきりまわしていた。一段落すると母は奥へ引っ込み、父は薬を調合していた。或る日電話のベルが鳴り、少しの間、薬局を空にした時、突如一人の狂女が飛び込んできた。投薬口から入り込み、劇薬棚のモルヒネの瓶を盗んだのである。父は慌てて追いかけ、近くの田んぼで捕まえた。薬は藁塚の中に隠していた。女はアル中からモルヒネ中毒になっており、両腕とも注射のあとが紫色にはれあがっていた。巡査が連行しようとすると、大火鉢につかまり頑として動こうとしない。異常な力でしがみつき、髪をふり乱して薬を欲しがった。私はその晩怖くて眠れなかった。布団を深々とかぶっても、闇の中から女の凄まじい形相がうかび、悲痛な声が私の胸を緊めつけた。

正月前に火鉢の灰を替えるのも一仕事であった。年末の風のない日に藁灰を作り、火鉢を土間に持ち出して八分目まで入れる。二、三日すると灰は沈んで落ち着く。樫炭が真っ赤に燃え出すと、清新な藁の匂いがほのかにたち込めた。父は毎朝灰の表面を美しくかきならしていた。そして小豆ほどの火種からでもたちまち炭火をおこした。私たちは大きな順に、父炭、母炭、兄炭、妹炭と呼びながら火鉢を囲んだ。大炭と小炭は支えあって赤々と映えた。

束の間の平和がなつかしくせつなく泛かんでくる。

今の子供達は、ほのぼのとした火鉢のぬくもりも、ふかふかした藁灰の匂いも、鉄瓶の湯の旨みも知らない。それらの微妙な味は説明のしようがない。明治の父母から受けた生活のうるおいを、私の胸から決して消したくないものである。

トンネルの彼方

昭和十一年の春、私は風邪をこじらせて長い間微熱がとれず、五十余日も小学校を欠席して、やっと二年生の教室に入った。担任は松崎先生であった。厳格な面もあったが、思いやりのあるヒイキされないところが何より好ましかった。遅れを取り戻すため、私は掛け算の九九を寝言にまで唱えたようである。徐々に体の調子もととのい学校生活も楽しくなった。

或る日、帰宅すると家の中が深閑としている。叔母から、母と妹たちは父の病後保養のため、別府へ行ったと聞かされた。古くからいる女中さんまでもいなかった。前日まで気配も感じなかったのに。小学校四年の兄とふたり留守番をさせられたのである。夕方になると、だんだん心細くなり声がかれるほど泣いた。

高等科を出て奉公したばかりのふきさんが、私がしょんぼりしていると、おぶって実家へ連れて行ってくれた。野山を歩きまわり麦藁で編んだ籠に木苺やどかんす（草苺）を摘んだりした。桑の実の味もこの時知った。ふきさんは驚くほど敏捷に木によじ登り、やまももやひわなどをちぎってくれた。自然に熟した果物は美味しかった。

ふきさんはひょうきんなところもあり、風呂に入ると必ず、願いごとに勝手な節をつけ繰り返し唄ったりした。実に呑気で素朴な女中さんと、心から尊敬できるおなご先生の間を行き来して何とか淋しさをまぎらした。

一学期の終業式を迎え通知簿を持って我が家に帰ると、叔母が一枚のハガキを渡してくれた。父からであった。「夏休みになったら、兄妹二人で別府まで来なさい。大分の駅まで迎えに行きます」という文面であった。こおどりして喜んだものの、バスに短時間乗っても車酔いのひどい私だったので、大へんな覚悟がいった。

旅立ちの前夜はなかなか寝つかれなかった。子供がさらわれてサーカスに売られると、世間で騒がれた時代である。遊びに夢中で夕方遅く帰ったり、わがままを言ったりすると、「人さらいが来るぞ」とおどかされたものである。親に会いたい一心で七里もバスに揺られ、久留米駅ではじめて久大線に乗り込んだ。叔母が駅のホームまで送ってくれ、アンパンとキャラメルを買ってくれた。

四年生になったばかりの兄を頼りに、県外への初旅である。途中の駅で汽車弁当を売っていたが、発車時間が気になって我慢した。子供だけの旅と見て、まわりの人が何かと話しかけたりお菓子をくれようとしたが、用心して見向きもしなかった。兄は時々居眠りしたが、私は「大分」に着くまで目を瞠っていた。荷物を盗られぬよう、人さらいに連れていかれぬよう緊張しきっていたのである。不思議なことに車にも酔わなかった。トンネルがやたらと多く、通るたびに窓を閉じたが、顔も手足も煤だらけになった。

「大分、大分」と駅名が呼ばれた時、私達兄妹は窓硝子に顔を貼りつけた。父はセルの袴をつけ、探検隊のような帽子をかぶって立っていた。私達を見ると、ホームを転げるように駆けてきた。日傘をゆっくりとたたんで落ち着いた歩調で迎える母も目に映った。父は兄の頭をしきりになで、私を抱きあげて喜んだ。「無事に着いてよかった、よかった」と嬉し泪が光っていた。父は誘いの便りを出したことを後悔し、幼い兄妹の初旅を案じて一睡もしなかったそうだ。「あの子らはきっと人目につく、さらわれはしないか」と心配をし続けたという。情がこまやかで繊細に生きた父。そんな父に連れそってたくましく大らかにならざるを得なかった母。在りし日の両親の姿が対照的に思い出される。

翌日、別府の名所である地獄巡りをした。息を呑むばかりの恐ろしさであった。おぼろな記憶であるが、地下へ降りていった入り口に、人の三倍もあるような赤鬼の像がいかめしい格好で立っていた。その奥に土色とも血の色とも見える池がたぎっていた。

次に静かな庭園の中に広々とした池があった。底知れない深い紺色をして一面煮たぎっている。柵からはなれて歩いても、引き込まれそうな魔性を感じて足がすくんだ。先の血の池地獄より海地獄の方に恐怖が残った。その夜、私はうなされ続けたようである。

朝の窓を開けると、潮風が部屋の中に入ってくる。二百メートルも歩けば海辺であり、天気のよい日は家から海水着のまま海へ走った。風呂はいつでも湯が溢れており、砂浜と風呂場を一日何回も往復するので、洗い場も湯舟も砂がざらついていた。

海と反対の街へ向かうと、外人が家族連れで歩いていた。生まれてはじめて見る人達で思わず振り返ると、金髪碧眼の美少女が親しげにほほえみかけてくる。肥満の老婦人達は、赤い派手な服をまとい陽気にしゃべりながら歩いていた。ふっと、よその国へ来たような気がした。風向きによって、パンの焼ける匂いと潮風の匂いが街中を吹き抜けた。

夜は時々活動館にも連れて行ってもらった。山村の暮らししか知らなかった私にとって、別府の街で見るもの聞くもの、すべてが珍しかった。

家族連れで二カ月余りを温泉つきの借家で過ごした。世帯道具も必要に応じて揃えたが、帰り際にはきれいに処分した。行きも帰りも手荷物だけの身軽さであった。来し方を振り返ってみると、最も恵まれた時代であったと思う。

帰途、湯布院に二、三泊した。別府に隣接しているのに、思いがけなく静かな湯の里であった。宿の周りに澄みきった小川が流れており、蜆拾いをして遊んだ。由布岳より吹きおろす風はひんやりして心地よく、蜩がしきりに鳴いていた。湯布院に泊まって急に郷愁が湧き、我が家の石清水を一息に飲み干したいと思った。

昭和十一年といえば、日本中をゆさぶった二・二六事件のあった年である。当時七歳の私にその記憶は残っていない。父は軍医将校であったので、時の情勢を察し、来るべき日に備えて保養に専念したのであろう。

それから一年後に支那事変がはじまり、父はまっ先に召集されて北支戦線におもむいた。

父の微笑

遠方より電話があった。

「やはり、もう一度大学の研究室に戻って学位を取るべきか、毎日あくせくと村医に徹すべきか……」このような胸のうちの葛藤を、兄より周期的に聞かされた。兄は医師の免許が取れると、家の事情ですぐ働かねばならなかった。

私は転々と流寓生活を送ってきたが、行く先々家族が急病の時、信頼できる良心的医師をさがして治療を乞うた。兄にもそんな医師であることを願った。

父も村医であったため、あらゆる患者に押しかけられるが、診察を拒否したことはなかった。草茂る頃になると、まむしにかまれた村人が頻々とかつぎこまれた。毒に冒された血液を一刻も早く処置しないと命取りになる。こおろぎが耳に飛び込んだとか、麦の穂で目を刺したとか、いずれも患者には我慢できないことである。藁切庖丁で指を落とした人もよく来たが、少しでも皮膚がつながっていればくっついたようだ。山仕事が多いためケガ人が続出した。四人がかりで戸板に載せて運ばれてくるが、いかなる体重の人でも父はひょいと抱きかかえて診察室に移した。治療がはじまると、まず付き添いの人が真っ青になって倒れたりした。

外科の腕が振るえる時の父は上機嫌であった。大手術の後は必ず冷酒を飲み、コップ酒を運ぶ役目はいつも私であった。

父の苦手は小児科であった。夕暮れ頃、野良着の腕に抱かれて駆け込んでくる。一目見て手遅れである。

「いつから具合は悪かった」「朝起きた時からです。いま一番忙しい時期でかまわず仕事に出ました。夕方戻ってみるとぐったりして」親たちはようやく慌て出す。幼児は痛みを訴える力も残っていない。

「子どもの病気は勝負が早い。おかしいと思ったらすぐ連れてこないと。いっときでも遅れたら助かる生命も助からん」父は繰り返し言い続けた。

或る夏、疫痢が蔓延した。野菜も米も洗濯物も川の水で洗っていた頃である。川上から川下へ次々と発病したが、例によってぎりぎりの生命がかつぎ込まれる。薬を与える間もなく小さな生命は消えていった。父は何とも言えぬつらい表情をかみしめていた。

その時代、農村は朝星夜星をいただいて働き、働きつくしても、なお労力が不足していた。子どもは足手まといで仕事の邪魔であった。仏になって急にいとしさがつのり、死の脈をとった医者に悪態をつくことで、責任を転嫁するものもいた。

父は往診の時自転車を使った。狭く入り込んだ村々を巡るのに小廻りがきくし、近道ができた。二十余年、村医として何台自転車を乗りつぶしたことだろう。或る時は青田風を切って、或る時は木枯しの吹きすさぶ夜、村人の生命を預かって一日たりとも白衣を脱ぐことはなかった。

父自身、高熱を出して倒れることもあった。奥座敷に伏せっていても、勝手に庭に入り窓を叩いて、「往診に来て下さい。子どもがひきつけを起こして死にそうです」と悲痛な訴えを受ければ、否応なく起き出して自転車のペダルを踏まねばならなかった。村に一軒きりの医院であったから、「本日休診」の札をかけたことがなかった。

快方に向かった患者の家から、みごとな花木がわが庭に移し植えられたりした。父は何より嬉しがり、診察の閑さえあれば庭にとび下りて丹念に手入れをした。

その頃の薬代や治療費は盆、正月の二期払いであった。請求書を出せば、その半額か志を封筒に入れてさし出され、あとは農作物が添えられていた。ひたすら信頼され、野菜や果物の初物を頂き、四季折々の美しい景色がスケッチできたのである。

奥山の神の心のままに散る
　花のこころは誰か知るらん

昭和十八年、二度目の出征の朝、父はこの一首を診察間の黒板に残して去った。そして再び還らなかった。

父の骨は、まだビルマの地に置き去りにされたままである。魂はきっとふる里の山々や丹精こめた庭をさまよっていることであろう。

父の忌に、私は忘れずコップ酒と紫の桔梗を供える。すると、父の白衣の微笑がなつかしく泛かんでくるのである。

ささ栗

実家の隣の地区に親しくしている農家があり、私はよく一人で遊びに行った。父の妹のやよい叔母さんが療養していたのである。

杉垣に囲まれた藁葺きの家で、庭先には仏様に供える草花や野菜が作ってあった。縁の下ではにわとりを飼い、ばら色の卵が数個ころがっていた。

やよい叔母さんの体の調子のよい日は、あやとりをしたり、美しい端布でお手玉を作ってもらったりした。数珠玉より小豆の方がきしむ音が快く、ほどよい重みであった。糸手毬も一緒に作った。乾いた芋殻を芯にまるめこみ、綿をかぶせて型を整えながら糸をまいた。均衡がとれていないと、斜めにはずんだりしておかしかった。叔母さんが安静の時は納屋で仕事を覗いたり、川べりで笹舟を流したりして終日退屈しなかった。夕方になると風呂を沸かしてくれた。石をくり抜いた風呂で、湯壺が深く洗い場からまたぐのに難儀した。風呂のふちには苔が生えており、湿っぽい風が吹くと杉垣の香が鼻をくすぐった。台所からは、ざぜん豆の煮える匂いがただよってくる。鉄鍋でゆっくり煮込んだ豆はしんから味がしみていた。茹でたホウレン草の根の甘みも忘れられない。

その家には子供がいなかったので、障子を切り貼りしたあともなく、よく拭きこまれた杉戸や板張りは黒光りがしていた。柱時計はかかっていたが、一家は万事日時計で暮らしている感じであった。

私が帰る時、やよい叔母さんは、「礼子しゃん、また来てくれるね」と念を押し、いつも淋しい微笑をたたえていた。伝染する病気だと聞かされていたが、小学校帰りに家の者には内緒で立ち寄ることにした。私の少女期、両親は医業に忙しく兄妹も多かったので、甘えられたのは根っからやさしかったこの叔母だけである。「やよい」という音感からしてほのぼのとして好きな名前であった。

叔母も医者の娘として生まれ育ち、県立女学校の優等生であった。在学中、小学校時代の教師と恋愛し、卒業と同時に嫁いでいった。教師の家は農業を営んでいた。その頃の農家の嫁は一労働力として迎えられたのである。鍬一つ持ったことがないのに苛酷な野良仕事をし、粗食にあまんじ、姑、小姑に仕えてよくも耐え抜いたものだ。たまに里帰りしても婚家の不満一つ言わず、いつも柔和な表情をしていた。

昭和十四年、教職の夫に従って朝鮮に渡った。別便で送った家財道具は魚雷で船ごと沈められた。封建的な農村を離れ、親子水入らずの新生活がはじまろうとする矢先にゼロからの出発となったわけである。内地時代の疲労が蓄積している身に、精神的不安と空気や食べ物の違いなどが重なって、叔母のきゃしゃな体は容赦なく結核菌に冒された。翌年には衰弱しきって一人で帰郷した。ふる里の山河がどんなになつかしかったであろう。

或る日、療養している家のおじいさんが、城山からささ栗を折ってきてくれた。庭先に筵を敷き、栗の皮を剝いた。一粒一粒が透きとおるように青かった。やよい叔母さんは、その小さな青い実を一個、私の口にほうり込んだ。こしこしと歯応えがあり、ほのかに甘味があった。その日は風も光もやさしく、叔母さんの肩にはうすい真綿がふわりとまかれていた。

訪ねる度に痩せ細り、療養のため帰国してから半年ほどで亡くなった。

叔父は朝鮮で日本人小学校の校長をしており、一度も見舞いには戻らず、野辺の送りにも顔を見せなかった。時局柄自由に行動できなかったのか、教職の責任上職場をはなれることが不可能であったのか、当時の事情はわからない。

幼子も一人いた。海を距たった遥かなる地に夫や子を残したまま、今生の別れも告げずにさぞ心残りであったろう。

小河童時代

梅雨が明けると、父は川ざらえをしてくれた。年中行事の一つで、私たち兄妹もはりきって手伝った。大水の時流されてきてひっかかったままのボロや枯れ枝を集めて焼き、茶碗や金属の破片などの危険物は川岸を掘って埋めた。土砂が溜っているところは、掬いあげて泳ぎやすくしてくれた。子煩悩な父は、夏中を無事故で快適に過ごせるよう、また親子の協同作業を大切にしたのであろう。

水泳も教えてくれた。兄と妹はすぐ泳げるようになったが、私は臆病でかた時も浮袋を放せなかった。

或る日、兄が私の体に荒縄を巻き、一番深いところへ連れていった。命綱を持ってやるから大丈夫と、浮袋を無理やり取り上げた。ところが私は痩せていたので、その縄からするりと抜けて溺れたのである。川底でもがいているうち、どういうわけか体が浮きあがった。苦しまぎれに泳げるようになり、以後水が怖くなくなった。それからは水泳がおもしろくて、夏中を川で遊んだ。

榎の下に、牛が寝ているような格好をした大きな石が座っていた。泳ぎ過ぎて寒気がすると、その石に背中や胸をくっつけて温めた。川の匂いとお日さまの匂いが沁みこんだ石であった。一夏で誰にも負けない黒ん坊になった。夜、寝てからも布団の上を泳ぐのか、逆さに寝たり、妹の布団に入れ替ったりしていた。

朝早く目が覚めると跣で庭に飛び降り、石段を駆け下りた。川面から吹き上げる風はひんやりと涼しかった。時々、青大将や山かがしがかま首をもたげていて驚かされた。川岸には溝そばの花が、金米糖をばらまいたように咲いていた。

毎朝、竹ひごで編まれた「ウケ」を覗くのが楽しみであった。中には、鮠、かまつか、鯰などが犇いていた。水流を溯る魚の習性を利用して、ウケの左右にとうせんぼの堰を作り、お通りはこちらへとウケの入り口を向けておく。入るに易く、出るにむつかしい構造に作られていた。或る朝、げんぎゅう（なまずのいとこのような魚）が七十三匹入っていた。集団で移動したのであろう。

川魚は飴煮が美味しかった。砂糖、醤油で煮つけ、最後に燗ざましとアメガタ（もち米でつくられた飴）を入れて煮上げるのがコツである。煉炭火鉢などで時間をかけて煮ると骨まで柔らかく食べられた。

「もぐり取り」もやった。炒り糠に味噌を少しまぜて練り、洗面器の底にくっつける。晒しの布で蓋をして、真ん中に魚が入れるほどの穴をあけておく。それをもぐって川底に沈めてくる。しばらく放置すると、魚は餌ほしさに小さな穴から次々と入る。頃合いをみはからって洗面器を引き上げる。鮠のほか「水くりせーべ」という魚が多く取れた。せーべは何でもつつく習性がある。布面をつついているうち、するっと入り込んだのだろう。容器の中は糠でにごっており、外へ抜けられなかったに違いない。

ほうぜ（蜷）取りも楽しかった。これは夕方やった。味噌汁にしておやつ代わりに食べた。楊枝の先でつまみだしながら啜る。緑がかったわたの部分は苦味があるが、これはかんぱち（小児神経のいらだち）の薬になると聞かされた。あまり美味しくないのに、食べ仲間がいると二椀も三椀もおかわりした。

雨あがりなど、沢蟹がどこからともなく這い出してきた。透きとおる水が好きで、動作がいかにも涼しげであった。大人達はこれを擂り鉢で潰し、唐辛子と塩をまぶして「がんつけ」を作った。滅法辛いので夏の食欲をさそい、酒の肴によし、すいとん汁にひと箸入れるとピリッとしてひと味美味しくなる。カルシウムそのものだとすすめられても、作る過程を見ているので、残酷でとても食べる気はしなかった。

石でも遊んだ。川石は大方丸みを帯びており、流れによって自然にかどが取れたのであろう。うすべったい石を選んで空中に飛ばすと、そのまま水中に沈まず、水面を軽やかに跳びはねた。不思議でたまらなかった。

あられほどの小石を拾い集めて持ち帰り、板張りにひろげて遊んだ。小学校唱歌に合わせて、右指でつまんでは左掌中につかむ。つかみ損なったら相手と交替し、小石をたくさんとった方が勝ちである。浅瀬で磨かれた石は、一粒一粒が浄らかな手ざわりであった。虫の唄のリズムが好きで、はじめたら止められなかった。

ふる里の川岸に立つと、水遊びの思い出が限りなくひそんでいる。涼風のたつ川面をさっと掠める翡翠色のかわせみの美しさも、まなうらに鮮やかに残っている。

祭りっ子

小学校時代の私は、大へんな祭り好きであった。笛や太鼓が鳴り出すと、鳴り止むまで落ち着けなかった。学校から帰ると、五銭玉が一枚入ったがま口をしっかり握りしめ、友達と誘い合って出かけた。弁天様のお社は四キロも距たった孤立した村にあり、山峡の道を奥へ奥へと入ってゆく。途中には一軒の家もない。やっと辿りついても、山の上の小さなお社に参って、露店を足早に覗いたら、とんぼ返りに帰る。前後左右は山ばかりで、夕暮れの道はほんとに心細かった。途中、いろいろな伝説の場所があった。

馬車引きさんが夜遅く一杯機嫌で帰ってくると、古い一本杉のうしろから美しい女人に呼びとめられ、藪の中の家に連れていかれた。大へんなご馳走になり、そのまま寝こんで朝を迎えた。美味しく頂いて食べ残したものは、何と柿の葉に盛ったみみずであったとか……。

二つの渓川が合流する地点にめがね橋がかかっており、底知れぬ深さで蒼くよどんでいた。橋の上からしばらく覗いていると吸い込まれそうであった。そこには昔から河童が棲んでいるといわれ、月夜の晩など岸辺に浮かんできては、通りすがりの子どもの足を水底に引っぱり込むという話である。その少し下流の田んぼの一角に河童塚があった。夏のはじめに河童塚の供養があり、子供達は手に手にローソクやお供え物を持って、「どうぞ、この夏も水に溺れませぬように」と畦道に列をなして参ったものである。

一本杉の辺りで、いよいよ薄暗くなった。駆け出すと誰かが追いかけてきそうでたちどまった。先に先に伸びる自分の影法師さえ怖かった。見知らぬ女の人に会えば、もしやと足がすくみ、胸が高鳴った。連れの友達といっときも手を放さなかった。家の明かりが見えた時は安堵した。

そんなに恐ろしい思いをしたのに、次の日も往復八キロもある遠いお祭りに通った。細い格子の隙間から瞬時見える、弁天絵像の美しさに魅せられたのかもしれない。或いはうす暗いほら穴の奥にひそんでいるという、弁天様のお使いの白蛇の正体を垣間みたい好奇心からであろうか。とにかく連日お参りせねば気のすまぬ祭りっ子であった。

稲刈りがすみ山々が紅葉しはじめる頃、村祭りが行われた。地区ごとに祭りの日がずれているので、招待したりされたり、また方々から頂く重箱料理もそれぞれ一味違って楽しめた。神社の境内では祭文が語られ、露店が並んだりして参道は混みあった。人出がさみしくなると、景気づけの大太鼓が力まかせにたたかれた。

秋の祭りには、休業中の筍の缶詰工場が映画館や芝居小屋になった。ずらりと並んだからっぽの水槽（筍さらし用）が枡席になり、その一枡を確保するのに子供達は早々と莫蓙や座布団を運び込んだ。水槽はそのままでは深過ぎるので、底に林檎箱が敷き詰めてあった。早めに来た子供達がはしゃぎ廻り、箱がずれたりして思わぬ落とし穴ができ不安定な座席であった。

女達は弁当にありったけの山の幸を盛り込んだ。運動会と芝居見物には、必ず引出し式の十人弁当箱を使用した。卵焼、かまぼこ、きんぴらごぼう、がめ煮など、うるし塗りの箱に詰めるといちだんと美味しく感じられた。庭の柿をもぎ、栗も茹でた。農家では新米で餅を搗いた。

演目は、「忠臣蔵」「曾我兄弟」「鏡山お初」など仇討物が多く、見せ場になるとみかんや紅白の餅が舞台に飛び交うのであった。

芝居が打ち上げになると、子供達はその真似をして遊んだ。お宮の社殿が舞台で、がき大将が座長である。不思議とみんなを率いる力を備えていた。自ら衣裳を持ち込み、お姫様になりたがる子もいた。私はセリフを覚えるのが苦手だし、人の着物を着せられるのも嫌だったので、もっぱら見物人となった。社殿の柱と柱にメリンスの帯をひっぱり、そこに数枚の袖をとおして幕代わりとした。私はよく泣かされたが、かずかずの遊びを伝授してくれた子ども座長のことは決して忘れない。今もなつかしき友である。

祭りの時期は、農耕生産の過程とおおよそ一致している。年頭に豊作を祝福する祭り、春の農耕開始報告の祭り、夏の病害虫駆除の祭り、秋の収穫感謝と奉納の祭りなどがそれである。祭りは神の降臨ではじまり、神慮をなぐさめるため御酒や収穫したものを供え、時には歌舞も供える。

私達の村では、秋の実りのお礼踊りとして、「浮立の舞」を神社に奉納する。神前で舞った後、各農家の庭先で太鼓や鐘をたたきながら、少年達が激しく踊り続けるのである。五色のたすきの帯が絢爛とひらき、勇壮な動きはまさしく男児の舞であった(佐賀、福岡の一部で行われる)。

深大寺に住みついて、春のだるま市、秋の新蕎麦祭りなど賑わうが、私はすっかり出不精になった。それでも家の中で遠くからの鳴り物や、人々のさざめきに胸をときめかしている。

山鹿の湯

しまい風呂に入って目を閉じると、遠い日のことを片々と思い出す。

生家の風呂は五右衛門風呂であった。当時、田舎では珍しく自家水道式だったので、バケツで汲み入れる労力はまぬかれた。風呂場の一角には水槽があり、夏はビールや瓜などが冷やしてあった。岩清水を管で引いて流しっぱなしなので、氷水のようだった。洗い場が二畳ぐらいあり、ゆったりした浴室であったが、それに反して焚き口は釜の深さだけ掘り下げたところにあり、大へん狭苦しかった。中屈みで灰を掻きだすのも一苦労であった。薪の乾き具合が悪いとなかなか燃えつかず、火吹竹を使ってもしばらくはくすぶった。コツを覚えるまで顔や手足が煤だらけになった。

むかしは家族が多かったので、二、三人いっしょに入浴した。まず蓋をとって底板を踏み沈める。平均をとって沈めないと、再び浮き上がったりした。姉妹でよく風呂遊びをした。窓を開けてシャボン玉を吹いたり、水鉄砲の飛ばし合いもした。

或る時は風呂場を素通りして庭伝いに川に降り、夜の水泳を楽しむこともあった。月明かりのさざなみは白銀のようにきらめき、折角眠っていた魚は驚いて動き出し、胸のあたりを右往左往した。ひと泳ぎした体を湯につけると忽ちぬるくなる。そこで、焚いてもらうと鉄の内釜はだんだん熱くなり、悲鳴をあげる。それでも姉妹背中あわせにぬくもった。

私は熱い風呂にはすぐ湯あたりした。風呂好きのくせにさっさとあがるので、家人から烏の行水だと言われた。毎日風呂に入るのに垢抜けしないといって、母は時々ベルツ水をふくませた綿で衿首や耳のうしろを拭いてくれた。特に晴れ着を着る前は肌が赤らむほど拭かれるので、晴れ着を装うのは好きではなかった。

女学校に入って間もない頃、運動神経の弱い私にとって、長距離の自転車通学は命がけであった。或る朝家を出る刻が遅れ、気忙しくペダルを踏んでいた。急な下り坂でブレーキが利かなくなり、自転車もろとも川の中に飛び込んだ。ハンドルでみぞおちを強く打ち気絶しかけたが、必死で岸辺に上がり、這うようにして家に戻った。

その頃、父は過労のため山鹿の温泉で保養していた。私も打ち身を治すため湯宿に送られ一週間ほど父と温泉暮らしをしたが、定宿ゆえ気楽に過ごせた。定期考査前で頭まで休めるわけにはいかなかった。数学の方程式や化学記号を暗記したり、父との問答は鮮明に記憶された。
湯上がりに菊池川のほとりを散歩した。清流には五、六寸の鮎が群れをなして泳ぎ、川風はさわやかで心地よかった。後ひと月もすれば、「山鹿灯籠祭り」である。幻想的な祭りは旧盆の頃に行われる。生娘たちは頭上に灯籠をつけ、それぞれの熱い想いを秘めて地を踏みしめ、星空のもと夜を徹して踊り続ける。その時だけは町中がどよめき、菊池川に万灯がゆらめくのである。ふだんの山鹿の町はごくひなびた温泉郷で、心身やすらげる雰囲気が今もなお残っている。

診察着をぬぎ、セルを着た父はしんからくつろいだ面持ちであれこれと語りかけた。一すじの町をぶらつき、セルロイドの筆箱と紫色のビロードの財布を買ってもらった。片面には桜草が刺繡してあった。「買って下さい」と一言も言わなかったが、欲しいと思ったものを、父はたいてい察して与えてくれた。

中学生の兄は一番風呂でないと機嫌が悪かった。或る時、妹たちが先につかったら、「おなごの後に入れるか」と栓を抜いて再び沸かし直したこともあった。男尊女卑の風習を意識し実行に移していたのである。当時、兄は切実に少年飛行兵に憧れていた。お国に捧げる身だという気持ちで、頭のてっぺんから足の爪先まで緊張がみなぎっていた。父に二度目の召集があり、つづいて兄も出征した。

終戦の年に父は戦死した。あの時の自転車転落事故のおかげで、山鹿の湯宿で、私は父と一緒に過ごせたのだ。そしてランプのともったような思い出が胸底に残った。昭和十六年、若鮎の美味しい季節であった。

若鮎とゆきちがひけり笹の舟

自転車通学の記

昭和十年の初冬、勝手口の土間に赤い自転車が届けられた。兄の誕生日に父が買ってやったものである。当時、小学生向きの二輪車はまだ数少なかった。

兄は学校から帰ると毎日元気に乗りまわし、両手放し運転を得意げに見せたりした。活発な妹もあっという間に乗れるようになったが、私だけは転がすのも怖くて遠くからじっと見ていた。

昭和十六年春、私は県立の女学校に合格した。学校までは片道十三キロもある。当然、寄宿舎に許可される距離であるが、父は私を手許に置きたがった。西鉄バスが家の前を通っており、三角の旗をふれば門の前に停車してくれた。

ところが私は、その頃バスに乗るのは死の苦しみであった。乗ったとたんに腹部が熱くなり、胸がむかつき五分も乗ってはおられなかった。ガソリンの匂いが体質に合わなかったのである。一度バスに乗ると、三日は体の調子がくずれ、御飯が一口も食べられない状態になった。幼い時から町が嫌いで、一生村を出ないつもりであったのに、大人になってからは、兄妹中で私だけが一所不在の生活を繰り返した。

合格発表の日、テープを巻いた新車ノーリツ号が運ばれてきた。何としてもこれを乗りこなさなければ、憧れの女学校には通えないのである。入学までひと月たらず、兄から手とり足とりの特訓を受け、ようやく乗れるようになった。

こうして私の自転車通学がはじまったが、片道少なくとも三回は転倒した。険しい坂だと意識したとたんにハンドルの操作が利かなくなり、そのまま川の中へ飛び込んだ。馬車を追い越す時、狭い道幅を気にしていると、思いとは反対に馬の尻に激突しそうになる。あげくの果てに、「折角よけているのに何でぶつかるんじゃ」と馬方さんにどなられた。

通学の児童たちが道いっぱいに広がって歩いていると、私は恥も外聞もなく五、六メートル手前から「危ない、危ない」と切実な声を張りあげて通り抜けた。子供にぶつからぬよう、私自身が転倒しないよう、目先の障害物はことごとくよけてほしかった。

最も困ったのは雨の日で、片手運転などという器用なことはできなかった。シャツとブルマー姿になり、こうもり傘を開いてハンドルの真ん中に括りつけた。まっすぐの小雨の時は用を果たしたが、少しでも風が加わると傘の柄はぐらつきハンドルをくるわせた。

或る時、急に雨風が激しくなり、自転車もろとも崖下に吹き落とされた。傘の骨はばらばらになり、私はみぞおちを強く打って、しばらく気を失っていた。そしてずぶぬれのまま、朝礼のはじまっている教室に駆け込んだ。担任の佐々木先生は、「今日も無事に着いたか」と笑顔で迎え天災遅刻にしてくれた。雨風に負けず、自転車転落に負けず、膝頭や肘にはいつも繃帯を巻き、それでも欠席しない生徒に情をかけないではいられなかったのであろう。

遠距離の学校に通うだけで心身ともに疲れ、雨が降る度にずぶぬれになり、ついに百日咳にかかった。毎日毎日咳地獄で、授業中咳込み出すと廊下に逃げ出さねばならなかった。泣きっ面の一年間であったが、唯一の救いは好きな学課（歴史）の教師が担任であったことだ。ひ弱い生徒として卒業まで温かく見守られた感があった。

一年過ぎると、自転車乗りもようやく慣れてきた。毎日三時間もペダルを踏み続けた成果である。季節季節の景色を楽しみ、小休憩する場所も見つかった。そこには岩清水が湧き、自転車を止める空き地があった。途中飲食店も二、三軒あったが、店先では馬車引きさんや行商の人達が腰かけて煙草をふかしたり、うどんを啜ったりしていた。店の向かいに大きな水桶が据えてあり、山の湧き水を竹樋で引っぱっていた。バケツにはラムネやトコロテンが冷やしてあった。少し離れてかいば桶が置いてあり、馬も一息つく憩いの場であった。私達女学生は立ち寄り禁止の店であったが、水をもらうことはできた。柄杓は飼い葉の匂いがした。

菓子店もほとんど閉店した時代に、一軒の焼き菓子屋ができた。麦粉に重曹やサッカリンを加え、ぞんざいにこねて焼いたものである。下校時に向かい風を吸うと、麦粉の焦げる匂いがたまらなく香ばしかった。それを一袋分けてもらうため、空腹に力をこめてペダルを漕いだ。顔も手も粉だらけの職人さんが紙袋に詰めてくれたが、その頃の女学生は、家に着くまで一片のつまみ食いもつつしんだのである。

自転車通学にとって、梅雨時が一番つらかった。二年目には傘をさして乗れるようになったが、下半身はほとんど濡れた。鞄のほかに替着を一風呂敷、油紙に包んで荷台に積んだ。大雨が二、三日降り続いた或る日、ついに矢部川の橋が流れた。そのため大まわりして二つも余分の村を通り、学校に着くまで二時間ほどかかった。人家がとぎれ、昼間でも小暗い千本杉のうっそうと並ぶ道を抜ける時は連れが四、五人いないと心細かった。

不自由しのぎに矢部川に渡し舟が仕立てられた。自転車二台も乗せればいっぱいになる小舟である。土手から川岸まで雑草の生い茂った坂を転がし下ろし、荷物を積んだ自転車を小舟にかつぎ乗せるのは容易なことではなかった。混雑するため腕や脛は打ち身だらけになった。どうしても男子学生が優先となり、後々にされると遠まわりした方がらくのようでもあった。

下校の折はどうしてもこの川を渡りたかった。舟着場に山羊の乳を売っており、向こう岸には団子屋があったからだ。そこの白玉まんじゅうは、格別に美味しかった。透き通るような米粉の薄皮に、甘味を抑えた小豆あんが入っていた。よほど運のよい日でないと売り切れであった。

冬季の通学もきびしかった。家を出て二キロほど走ると深野という地区がある。道のすぐ下を川が流れていた。道幅より川幅の方が広く、一面に薄氷が張りつめ、まともに冷気がせまってくる。痛いような冷たさに思わず泪ぐみ、痩せぎすの私は骨の髄まで凍りつくようであった。両手が悴んで、ハンドルを握っていてもほとんど感覚は失せていた。道路の肩が低かったので、入学当初の運転ぶりであったら、度々川に飛び込んで氷漬けになったことであろう。

戦時中は手袋も靴下も許可されなかった。徒歩通学者はまだふところ手ができたが、凍った道を走るのに手放し運転は危険である。自転車通学者の手は一目でわかるほど、ヒビやアカギレがひどかった。湯に入る時の痛さは忘れられない。

スポーツ全般苦手な私だが、自転車だけは今でも乗りこなせる。女学生時代、転んでも転んでも起きあがり、往復二十数キロの自転車通学をつらぬいた。少女期まで心身共に弱かった私に、人並みの辛抱と根気を育ててくれたのは、あのキズだらけとなった一台のノーリツ号である。

冬すみれ

昭和十六年の春、胸をふくらませて県立の女学校に入学した。教室には桜の花片が舞い込み、中庭にはアネモネ、矢車草、霞草など優しい草花が咲き匂っていた。校舎は整然として隅々まで光っていた。

紺の線の入ったセーラー服と紺のネクタイ、制服そのものが清楚で品性を備え、節操にきびしい校風であった。髪はきりっと括ること。所持品はすべて氏名を入れること。名札の寸法、貼りつける位置まで指定された。制服のスカート丈もうるさかった。屋内体操場に綱を張り、そこに一列に並ばされ、それより短くて膝頭でもちらつくものなら、つつしみがたりないということで「閻魔帖」に記入された。年齢的にまだまだ伸びる時期である。スカートをつくる時、余程丈を長めに裾を折り込んでいないと大へんなことであった。襞の数も決まっており、折り目がついていないと精神がたるんでいるとみなされた。当時のスカート生地は人絹サージであったから、登下校の折、雨にでも濡れたらすぐ襞がなくなった。学校から帰ると、炭火をおこして火熨斗かけが一仕事であった。

体操の時間、ブルマーを忘れたものが二、三名いると、薄雪の積もっている運動場にクラス全員一時間座らされた。全体責任の罰を受けたのである。現在であれば、そのような体罰は女学生の足腰をいためるということで、PTAの物議をかもすことであろう。

時々所持品の抜き打ち検査が行われた。筆箱の中身は万年筆一本、鉛筆三本、赤鉛筆一本、消しゴム一個、その他一切余分のものは許されなかった。前の晩に使った「肥後守（小刀）」をうっかり入れていたら、ただちに没収され、またも「閻魔帖」に書き込まれた。

裁縫の時間も厳しかった。長針二本、短針三本、待針十本、それこそ一本多くても少なくても、うしろの壁際に立たされた。針山に隠して数を加減するというような要領のいいことは、その頃の女学生にはできなかった。誰もが「閻魔帖」に二度三度と記入され、やがては校内の空気にもなれ、きびきびと活動できるようになった。

入学した年の十二月八日、支那事変に加えて大東亜戦争が勃発した。学校の玄関の壁に重大ニュースが発表された時、私達はぬか袋で中央廊下を磨いていた。一瞬茫然となり、息の詰まるような思いでさらに力を込めて拭き続けた。先生達の暗い険しい表情がいまも克明に浮かんでくる。巻脚絆の足がせわしげに右往左往していた。女学生らしい生活は一学年半ばで終止符が打たれた。

授業は日に日に短縮され、セーラー服から文化服に変わり、さらにもんぺをまとって軍関係の被服作業や食糧増産に参加した。花壇は甘藷畑となり、運動場の大半には大豆が植えられた。山奥の炭焼場より木炭運びをしたり、肥汲み作業まで骨身を惜しまなかった。

教練の科目が加わり、薙刀の寒稽古や雪の降りしきる日には雪中行軍が催された。跣で馳走させられたが、落伍する者はいなかった。当時の女学生は決して不満を言わなかった。如何なる命令にも快く服従した。冷たい寒風に吹きさらされても微笑みを忘れない、冬すみれの可憐さである。

四年生になると本格的に軍の作業に協力し、「風船爆弾」に使用される原紙なるものを作った。襟を正して入った講堂や教室が作業場となり、丹念に磨きあげた廊下を土足で歩きまわった。学徒動員の鉢巻を締め、一かけらの疑念もなく、ひたすら必勝を信じて働いた。

女学校の卒業式は一応行われた。式半ばで空襲警報が発令され、防空壕に駆け込んだ。謝恩会の献立は、馬鈴薯づくしであった。

昭和三年生まれの私達は、戦中の教育に終始した。日本の歴史を一行も墨で塗りつぶさず、修身の教科書を素直に身につけた最後の学徒であろう。授業は半分も受けられなかったが、何事にも「命がけ」の精神を四年間たたき込まれた。これは貴重な教えとして生涯通用する。

二十年八月十五日、学徒動員は解散した。

ひめこぶし

実家の庭に、一本のひめこぶしがあった。庭の真ん中に植えられていたが、三メートルほどもある古木でみごとな枝ぶりだった。花が咲くと、乳白色のやさしい光が庭中に充ちて、本格的に春の訪れを感じたものである。

昭和二十一年の春、父の戦死の内報を受けた。私は一週間ほど泣き臥して、暗闇の中からようやく起きだした。二階の雨戸を繰ると、吹き晴れた空にひめこぶしが真っ盛りであった。主が亡くなったことも知らず、小枝は余すところなく花をつけていた。庭をひとわたり見まわすと、沈丁花、こでまり、雪柳など白い花ばかりが咲きついでいる。父は白い花を好んで植えたようである。幼き日、こぶしの花の下でお弔いごっこをして遊んだことを鮮明に思い出す。

近所でお葬式があり、生まれてはじめて、人の死という悲しみの体験をした。誰もかも黒い衣服をまとい、数珠を握りしめていた。近親の人は、終始下向きにハンカチで目を抑えていた。厨では死者送別の膳つくりに忙しく、家事一切が他人の手にまかされていた。

私の村では、人が亡くなると如何なる理由があろうと一軒の家から一人、かけ参じて奉仕するしきたりになっていた。「無常講に集まる」といい、男達は儀式の準備をすすめ、女達は裏方を受けもった。年長者が采配を振るい、野菜の下ごしらえをする人、煮る人、配膳する人、家の中を片づける人、それぞれ適材適所に分かれた。一段落すると、煮物や香の物などで茶を啜りながら死者のことを語りあった。「ほんによか人が何で早死にするのじゃろう」と口々に惜しむのである。そして、黒髪を短くたちきって白い紐で結んでいる女人に同情とはげましの念が注がれた。

昔の人はおよそ二夫にまみえず、残された家を守り、子を育て、仏に仕えてひっそりと生き抜いたようである。一人間の終幕の儀式は、幼い目にもせつない出来事として映ったが、また珍しい情景として刻みつけられている。

その頃は、ごっこ遊びが多かった。葬式を見て帰ると、早速「お弔いごっこ」をした。こぶしの花の下に莫蓙を敷き、「ナムアミダブツ」を唱え、空缶を叩きながら合掌した。小鳥や金魚の小さな墓標に、庭中の花を少しずつ摘んで供えた。風が吹くと池の水面に散った花びらが漂い、「花いちもんめ」の遊びをしているようであった。水にたゆたう落花を見つめていると、人の命もほんの一瞬という気がしてきた。今もし死んだら、このひめこぶしの下に埋めてほしいと思った。この乳白色の花びらがうち重なって落ち、さぞ温かく安らかに眠れるだろうと想像した。弔いの泣きまねをしているうち、本当に涙が出て本泣きになったりした。

満開のひめこぶしは、距離をおいて眺めるとはれやかで明るいが、一輪一輪は実に清楚でさみしげな花である。低い枝に咲く花は近寄ってみると、薄紅と薄紫の中間の色を、ほんの一刷毛にじませている。蘭の花の感じもするが、木蓮科に属する。

生家が改築された折、こころなき何者かによって、ひめこぶしの木は伐り倒されてしまった。まぼろしのひめこぶしの一樹は、たとえばひかえめな化粧をして、エプロンのよく似合う微笑をたやさない女人の姿を連想させる。

父は生母に縁が薄かったので、そのような理想の女人像に憧れ、庭の真ん中に植えたのではなかろうか。

紫陽花

紫陽花の季節になると、藍色の思い出が胸中をすずやかに流れる。

終戦後の間もない頃、私は地方の短歌会に入っていた。生活の哀歓をことごとく歌にして、貧しき日々を冷静に耐えていた。月に一度、歌会に出席することが何よりの楽しみであった。

その席上、渚静子という女人が、泉が湧くが如く秀歌を発表されていた。黒髪を無造作にひきつめ、着物はいつも藍染で色白の素顔が匂うようであった。福岡空襲で焼け出され、実家に身を寄せられているということなので、その藍衣は、或いは一張羅の晴れ着であったかもしれない。「やまなみ」という歌誌の巻頭作家で、清冽な作風に加えて優雅な身のこなしが何とも魅力的であった。歌会をかさねる度に親しくなった。

六月の例会の後、外に出ると凄い吹き降りで、十三キロ自転車で帰るには難儀なことであった。渚さんに誘われるまま、間借りされている離れ座敷に泊めて頂き、温かい芋粥のもてなしを受けた。

翌朝はうそのように晴れあがり、庭木にはつがいの山羊がつながれ、雨に打たれた紫陽花がうつむきがちに咲いていた。昨夜打ち明けられた話が余韻となって、夢の続きをみているようであった。「弟の嫁にと思っていたけど、貴女が恋歌を発表されたのでほかの話に決めました」ということであった。「あれは空想の歌です」と言ったところで、あとのまつりである。その頃の私は、まだ何色にも染まっていなかった。

幻の修了証書

戦後間もなく、私は村の小学校に勤めた。代用教員として採用されたものの、教える自信は全くなかった。

実力が備わっている師範出の先生達とは、おのずから区別された。代用教員は意見一つ述べるにも遠慮があり、何事にもひけめを感じたものである。そこで仲間は次々に教員養成所に行き、短期間にひと通りの資格をつけて戻ってきた。ところが私には、どう努力しても適していないことがわかっていた。

まず話し方が下手である。何か一つのことを話していても、別の場面が頭の中に浮かんだりして、無意識に話をとばす癖がある。また手本をしめす技能が絶対的に欠けている。オルガンが弾けない。絵が描けない。父はバイオリンやマンドリンを自在に弾き、暇さえあれば絵筆をとっていた。兄妹達はいずれかの素質を受け継いだが、私だけは何もかも不器用に生まれついていた。中でも体操はもっとも苦手な科目であった。

体操の時間は児童と一緒に野山を駆け巡り、絵は自由題でのびのび描かせ、唱歌はオルガン不足を幸いに手拍子で、といった授業であった。新任の間は、児童と共に楽しみつつ学ばせている一風変わった先生として親しまれもしようが、やがては教師失格という烙印を押されてしまう。

やはりその学年の課題をきちんとこなした後、自由にやるべきである。小学校の教諭は一応、全能力、全人格を備えていなければ適格でないと思う。実務にあたって痛切に悟った。

そんな折、養護教諭講習会の通知が学校へ舞い込んだ。早速問い合わせたところ、看護婦の免許が必要であること。現在養護業務にたずさわっていること。二点とも私にはあてはまらず、講習を受ける資格はなかった。しかし、何としても受講したかった。この道ならやっていけるような気がした。医家に育ったこと、戦争末期の女学校で毎日救護訓練を受けたことなどを申し立て、講習だけは受けさせて下さいと教育事務所に日参した。

そして、ついに申込み用紙を分けてもらえた。期間は夏休み中、場所は久留米の学芸大学付属校内であった。母に相談するまでもなく、一切の費用がないことはわかっていた。私はまずアルバイト口をさがした。

音楽好きの医大生が集まる「木村屋ベーカリー」という名曲喫茶があり、兄もその仲間の一人として店の家族とも親しくなっていた。兄の紹介で、私は皿洗いの手伝いをさせてもらうことにした。昼間はむずかしい講習を受け、夕方から夜にかけてコーヒー茶碗やコップを山ほど洗った。名曲を聞きながら、たまには好きなココアを頂き結構楽しかった。店を閉じた後、椅子を並べて寝た。体を動かす度に椅子がばらばらに動き、安眠できる状態ではなかった。朝早々と起きて店内を掃除し、冷やごはんに昨日の残りの牛乳を温めてかけ、おかず抜きの牛乳飯をかき込んで出かけた。

学芸大学行きのバスは通っていたが、バス賃がないので往復八キロを歩いた。運動靴はしたたかな土埃をかぶった。久留米の街中を歩く時はさすがに気がひけた。

毎朝一番に講習会場に乗りこみ、最前列の中央に腰を据え、各講師の話を一言半句もらさじとノートに記入した。専門用語が飛び出すと、恥を忘れて説明を乞うた。期間中、一日もたがわず同じ席につき、真剣なまなざしで相対したので、講習のあらましは理解できた。最終日に全課目の試験があり、答案用紙がまとめられて目の前に積まれた。封をされた後、私に届けて欲しいと命令された。届け先は久留米医大の眼科教授室であった。

南熊太先生はその時の講師の一人で、いろいろと話を伺っていると、父の出身校熊本医専の後輩であった。父は学生時代マラソンの選手で、旧制五高との競争に出場し、「医専の馬」と声援が飛んだりしてかなり有名であったらしい。南先生はアララギ派の短歌を詠まれた。私も少女の頃より興味をもっていたので、遊びに来いと言われるまま度々お邪魔した。「試験は合格してるよ」とさりげなく洩らされたことがしみじみ嬉しかった。

すでに看護婦の資格をもった人達の講習会場に、無理をとおしてまぎれこみ、ただ負けん気で頑張り抜いたのである。何とか養護教諭講習修了証書を手にしたが、その秋には家庭の事情で転職させられた。女学校を出て延べ七年間、働きづくめの青春であった。

或る日、私の大切なものをことごとく灰にした。そのため手許には一枚の修了証書も残っていない。

売れた時計

「僕、新聞配達しようかな」と中学生の長男が言い出した。「立派なことね。やる以上は自分の意志で起き、三日坊主にならないように」とこちらが本気で返事したら、「それじゃ夕刊だけにしよう」「クラブ活動も学習塾もやめなくちゃ無理ね」それっきり話はとぎれた。

しばらく首をひねっていたが「成績があがったら腕時計を買って下さい」と言う。アルバイトの目的はこれが欲しかったのである。入学した頃、親の古時計をはめていたが、二、三日で腕からはずした。数字が鮮明で見やすいし実用向きでいいと思ったが、やや細めのバンドが婦人ものの感じがする。「あれは遅れてだめだ」と言う。念のため受持ちの先生に相談してみたら、必要はないということだ。運動部にでも入れば、すぐ落としてしまう。現代っ子はさがそうともしないそうである。時間を決めて、ものごとをてきぱきと処理してゆく習慣をつけるためであれば買ってやりたいが、どうやら中学生として風采をかざりたい兆しも感じられた。

私の女学校時代はもちろん許可されなかった。卒業した時も教職に就いた時も、祝ってもらえる境遇ではなかった。山の小学校の鐘の合図で動けば事は片づいたのである。

昭和二十五年頃であったと思う。町の映画館で、『白雪先生と子供たち』という原節子主演の純真な先生と児童の魂のふれあいを映画化したものが上映された。あまりにも評判がいいので、何とか鑑賞したいと思った。ところが月給前である。亡くなった父の抽出しにこわれた時計を見つけた。これを売ろうと思い町の時計屋を廻った。はじめは恥かしくて小声で「この時計を買って下さい」と言っては逃げるように店を出た。「そんな古いのはだめだね」「もう更正のきかないものだ」とどこでも相手にされない。

三軒、四軒と廻って、いよいよ最後の店に入った。私はあきらめずに頼んだ。すると、廻った中で一番立派な構えの時計屋の店主が出てきて、「どうして売るのだ」と尋ねた。「母子家庭の子供たちと、『白雪先生』の映画が見たいのです」と言うと、だまって五百円渡された。

その店の並びの映画館まで走った。始まりのベルが鳴り出した。「あなたは先生ですね。どうぞ」と言われ、「切符はまだです」と言ったが聞こえなかったのか、「皆さん入っていますよ。始まりますから急いで下さい」と押し込まれた。後でわかったのだが、隣村の小学校の団体が見学していて、その仲間に加えられたのであった。すがすがしく心温まる映画であった。五百円は帰りに子供達の空腹をみたした。

白衣の青春

昭和二十六年頃、私は或る会社の経理課に勤めていた。数字を見つめるのがつくづく嫌になり、電話のベルを聞くと胸がどきりとした。緊張すればするほど上手に話せなくなった。

戦後の景気上昇の波に乗った会社は、次々に拡張されて人員をふやしたが、営業課はとくに人手不足のようであった。市外に数台の車が出払った後は、市内の注文品を届けるのに自転車が用意してあった。

「急ぐらしいから誰か行ってくれませんか」経理課でぽかんとしている私に視線が注がれた。

待ってましたとばかりに事務室を抜け、自転車いっぱい月星製品を積み、久留米の街を走り廻った。西鉄、日清製粉、久留米医大の購買部が私の行き先であった。

雑用係として重宝がられる反面、変わり者として過ごすようになった。事務の合間にも伝票の裏にらくがきしたり、ぼんやり空を見つめたりしていた。算盤は、はじく度に違った。昼食後、仲間達はおしゃれや映画の話などを交わしながら化粧直しを楽しんでいたが、生活ぶりの違う私はいずれも興味がなかった。たいていは会社のすじ向かいにある「金文堂」という書店で過ごしていた。

その頃は兄妹の学資を応援していたので、詩集を買うゆとりなどなく、欲しい本は立ち読みすることにしていた。高村光太郎の『智恵子抄』が出た時、私は夢中で掌にのせた。勤めの身であることを忘れて読みつくした。ふと書店の時計を見ると、はや三時を過ぎている。慌てて事務所に入ってゆくと、課長の目は冷たかった。日頃から変わった娘だとにらまれてはいたが、これはただごとではない。「社員失格」だと言わんばかりの眼差しを浴びせられた。しかし、そのくらいで『智恵子抄』への感動は薄れなかった。経理課の居心地はいよいよ悪くなり、もう辞める時期だと覚悟した。

自ら居づらくした職場を去る日が早々に巡ってきた。医大の玄関横の掲示板に、「至急、研究補助員求む」の貼り紙を見つけた。私は注文の品をさっさと納めて、重松教授に面接に行った。家庭の環境を尋ねられただけで即決された。すぐに帰って会社を辞職した。机の中の私物を手早くまとめ、逃れるごとく事務所を出た。一カ月分の給料と退職金を棒にふったが、胸の中は明るかった。

下宿まで飛行機が飛んでいる格好をして舞い戻った。下宿の婆様に報告したところ、思いもかけず不機嫌な顔をされた。仕事場を変えたのが気に入らぬようであった。さんざん説教されて、「ひとつ所に辛抱できん者は、ほかでも勤まらん」とまで極めつけられた。あれこれと叱られたことも、寝食を共にし情愛が移ってのことであろう。

給料はそれまでの三分の一に減った。化粧もせず、服も新調せず、ぎりぎりに食事をきりつめても、やはり不足した。

日曜日は婆様の紹介により一人暮らしの老人の家で洗濯のアルバイトをした。一週間分を洗いついでに鍋釜を磨き、家中を掃除して百円の礼を頂いた。婆様への間借代が三百円であったから、その分は補えた。

働くのは苦にならなかったが、とにかく勝手な行動をしたということで、母や兄とも音信不通の絶縁状態となった。

研究補助員として勤めだした時、ふところはすっからかんであったが、毎朝の気持ちは晴々としていた。新しい職場は私の呼吸と合っていた。おのずから仕事への熱情も湧きだした。

まず先輩の補助員から、基礎的なことを教わった。実験器具名や薬品名を覚えなくてはならなかった。フラスコ、ピペットなど、単語カードに書いて道々覚えた。学生に戻った気持ちであった。つぎは器具洗いをしばらくやらされた。洗いが完璧でないと、正確な実験結果は得られないのである。

開業医が大学に籍を置き、教授の指導を受けながら研究する。実際は、私達補助員が実験を繰り返して、その結果を報告するのだが……。それで論文をまとめ、博士号を獲得される仕組みである。働かなければ実験費は出ないし、研究しなければ名誉は得られないのであろう。

半月ほどして、実験内容を説明された。「ヒアルロンサン基質の抽出法」というテーマであった。まず、へその緒を集めるため、自転車で産院を駆け巡った。また馬の血清を入手するため、屠殺場へも出かけた。一度、逆さに吊った馬の皮を剥ぐところを見たが、凄絶極まりなかった。おかげで二、三日食欲を失った。

昔のことで実験の順序は忘れたが、温度調節がうまくいかなかったりすると基質を抽出することはできなかった。まだ氷の冷蔵庫の時代であったから、氷の配達が遅れたりして度々失敗した。かくてへその緒百本と多額の薬品代は無となる。一回分の実験費がおよそ数千円、私の月給が三千円であった。

当時すでに十年ほど地下の研究室に閉じこもっている人のつぶやきを、いまだに覚えている。「貧しいもぐらの歳月です。明日成功するか、或いは一生答えが出ないかもしれない……。我々には嫁さんの来手もないでしょう」

何かを発見するには、才能のほかに大へんな忍耐心、体力、資金が必要である。

それまでは代用教員、会社員など、朝から夕方まで時間にしばられていた。研究室の仕事は実験の合間は暇であり、自由な時間が何よりありがたかった。十畳ぐらいの部屋に一人きり、三日おきに教授が様子を見に来られた。四階の窓には銀杏の葉がそよぎ、筑後川がゆったりと眺められた。私は、この仕事に本気で腰を据えようと思った。衣服も多くはいらなかった。白衣をまとってズック靴で歩きまわれた。素顔にマスクをして、ほとんど人と話さないで過ごせた。

私は実験過程に真剣に取り組んだ。熊本大学医学部産婦人科で同じような研究をしていると聞けば、試験管をぶらさげて教えを乞いに行ったりした。いまから思えば出過ぎた行動であった。私自身、或る基質を発見したい願望にもえていた。子宮癌の抗体物質を作りだすための研究だと聞かされた記憶がある。

あれから三十年以上過ぎても、いまだに快い結果は出ていないのであろう。私の身辺でも祖母、叔母、姑の大切な命を癌によって奪い去られたのである。

遥かなる槌音

作家の檀一雄氏が亡くなられて、はや一年が過ぎた。突然の訃が報じられたのは、昨年（昭和五十一年）の松の内であった。一度お目にかかって春子さん（仮名）のことをお話ししたかったが、やはりそのままの方が美しく哀しい想い出としてよかったように思う。

三年前の桜桃忌に三鷹の禅林寺を訪ねた。朝十時頃、門をくぐり墓参した。雨が降ったり止んだり、日が差したりのきまぐれ日和であった。森林太郎（鷗外）の墓は文豪の風格を備え、端然と座っていた。その斜め向かいに太宰治の墓があった。命日ということで、色とりどりの花束が賑やかに手向けられている。そして二、三人のセーラー服の少女が、虚空を見つめながら放心したように墓の周りをうろついている。熱烈な太宰治ファンであろう。異様な眼差しを向けられた私は、足早にたち去った。寺に寄って、供養は午後からと聞いた。また来年があると思って引き上げたが、千載一遇の機会を逃したように思う。生前の檀一雄氏にはついにお逢いできなかった。

十年ほど前であったか、九州柳川へ帰郷した折、『リツ子・その愛』『リツ子・その死』をもとめ、東京までの寝台車の中で読んだ。稲妻が体中を走ったような、その時の感動を忘れない。

一晩中眠れなかった。一気に読みあげた。文中に出てくる在所に、私は不思議と縁があった。青春時代に彷徨した地名が随所に書かれている。

国分には、昭和二十五、六年頃下宿したことがある。苦学生の兄と一緒に、久留米周辺を転々と移り住んだ。気性のまっすぐ過ぎる兄は、家主の態度にすぐ腹を立てては引っ越した。私が勤めから戻ってくると、リヤカーに荷物が積んであった。

やっと落ち着いた頃、兄には女友達ができた。これを機会に私は下宿を別にした。

給料のよかった商事会社をさっさと辞め、久留米医大の研究補助員になった。給料は会社勤めの三分の一に減って貧しかったが、わが生涯のもっとも充実した時期であった。毎朝の空気がぴんと張りつめ、大学通りの澄みきった青空を仰ぎながら、「明日こそ」の気持ちが胸中に溢れていた。図書館の本が自由に読めた。下手な詩をつくるため、大学の裏庭や筑後河原へも足をのばした。空や樹や草にのびやかに語りかけ、しみじみとした精神的ゆとりをとり戻した。

朝と昼はコッペパンをかじり、夜は大学の食堂ですませた。学生専用の食堂を、きさくな賄いのおばさんのおかげで快く利用できた。一カ月五百円ほど払ったように記憶している。紅一点の私は、片隅で黙々と食べた。時には「カレーライスお代わり」と声をあげて頼むことも平気であった。

その時の食事仲間から同人誌「槌音」に誘われた。その「槌音」の陰の応援者が春子さんであった。私は医学生二人に連れられて春子さん宅を訪問した。四十近い中年夫人で、仕草が童女の如くあいらしく、一度会っただけで意気投合し、「一緒に暮らしませんか」と誘われた。夫人は体が弱いので、掃除洗濯をしてくれれば下宿代はいらないと仰有る。相互扶助ということであろう。私はその厚意をありがたく受けて引っ越してきた。

久留米の街には、まだ空襲の跡が残されていて、闇市のバラックも多かった。そんな中で、春子さんの住居は県営アパートと呼ばれていたが、白亜の高層建築は何とも眩しかった。様々なうごめきを高窓から見下ろすことで、気持ちがせいせいした。

御主人は温厚で、絵が大へん好きな人であった。文学少女的な春子さんを理解し、「槌音」を惜しみなく応援された。私は春子さんの妹のように扱われた。御主人は時々香りのよい果物を買ってこられるが、画材として丹念にスケッチした後は惜しげもなく捨てられた。

同居して楽しかった月日は半年ぐらいであった。春子さんが腎臓を病んで入院されたので、私はもとの下宿に戻った。職場の暇をみては春子さんの看病をした。話し相手になったり、下着の洗濯を引き受けた。御主人も会社の帰りに必ず寄られ、春子さんの一方的な話を静かに聞かれては引き上げられた。素人目にも刻々と死期が迫っている感じであった。

そんな時、私に結婚話があり、研究補助員をやめることになった。

春子さんにさよならを告げにゆくと、もう起き上がれない状態であった。

「今生のお別れね」と言われ、胸の奥のかなしみを語られた。春子さんには幼なじみの好きな人があり、娘の頃より思いのままを日記にされていた。それを御主人に読まれ、以後決して許されなかったそうである。淡々と告白された後、まもなく亡くなられた。

春子さんの片思いの人は、作家の檀一雄氏であった。国分村の野山で苺を摘んだり、小川でどじょうを掬ったり一緒に遊ばれたらしい。幼なじみの知的でやさしい孤独な少年に憧れ続け、日記によって思慕されたのであろう。あくまで文学少女の夢の中の人であった。お二人とも鬼籍の人である。二十数年前逝かれた春子さんは、三途の川向こうでめぐり逢われたであろうか。

天山祭

「仮面の会（ペン集団の会）」より「天山祭」に誘われた。

東北へ向かって私は初旅であった。新評社の竹内さんがこの度の幹事で、とびきり乗り心地のよい冷房バスを用意された。岩槻まで来ると緑が鮮明に映る。青田、青桑、煙草の花、黄萱、月見草など手帖に拾いつつ、ドライブインで小休憩しながら北へ北へと走り続ける。安達太良山を遠目にうとうとしていると脇道へ入った。山間の道はいよいよ狭く、車とすれ違う時は肝を冷やす。ねむの花が咲き、木苺がたわわに熟れている。幾山も越してやっと川内村に着いた。

朝、上野を出て七時間余バスに揺られ続けたが、不思議なことに車に酔わなかった。

福島県双葉郡川内村は人口四千余りの過疎地だが、阿武隈山脈に抱かれて、水田と煙草畑が美しい。その小高い一角に天山文庫があった。案内書によると、「詩人草野心平氏ゆかりの、この民家風の建物は今年十年目、書庫は八畳の板の間に四列の書棚がある。この書庫のほか、庭の片隅に第二第三の書庫がある。それは酒樽を応用している。三十一石三斗四升六合入りという大きなものである。昭和二十八年、平伏山頂の沼に生息するモリアオ蛙の縁で村を訪れるようになった。心平氏と村人のつきあいは長く信愛は深まり、昭和三十五年、名誉村民に推載した。名誉村民条例に基づき、毎年木炭を百俵贈ることになり、そのお礼にと蔵書三千冊を寄贈されたのを機に、村人が一木一草を持ちより、村民全体の労働奉仕で、萱葺き白壁のこぢんまりした文庫ができあがった」とある。

四十一年七月十六日開庫式、毎年この日に「天山祭」といって飲めや歌えの大賑わいがある。文庫の前庭には「十三夜の池」があり、馬酔木の並木、歯朶類の庭、ひめ満天星の生け垣、池に流れ落ちる樋の水は清く冷たい。「仮面の会」が加わった時には、「天山祭」も後半にさしかかっていた。庭いっぱいに敷物がしかれ酒瓶がころがっていて、うっかり座れば裾が濡れる。

天山夫人、今井はるさんのお心づかいで酒と肴が運ばれる。地酒と村人手作りの山菜料理を手皿で頂いた。蕗、独活、ぜんまい、豆腐の田楽、山女、姫鱒、そして祝いの赤飯と、好物ばかりなので夢中で箸をすすめた。

心平先生も座に入ってこられた。細い眸が限りなくやさしい。「天山祭」と衿に染め抜かれた法被に、古ぼけた麦藁帽子がよく似合う。初対面なのになつかしい風貌である。先生にコップ酒を頂き握手の光栄に浴した。熱く力がこもっていた。まだまだ詩が噴き出されることであろう。

太鼓が鳴り笛がひびき、櫓を見上げると、当地出身という文芸春秋の平泉さんが滝のような汗が流れるまま踊り続けておられる。川内音頭に振りがつけられているが、なかなかむずかしい。私も法被を借り草鞋を履き自由に手足を動かすことにして、踊りの輪に加わった。池を巡り木の間をくぐり踊りに興じた。祭りとはいいものだ。心の垣根がすっかりほどけ、土地の人の訛りが大方聞き分けられる。

心平先生は、すっかり御酩酊で、起居にも付き添いが三人がかりであった。

暮れかかってくると篝火が焚かれる。酔って踊って無礼講で、神様のいないお祭りだそうである。名残の梅雨が降ってきて、祭りも終幕となった。

天山文庫の丘を下りて、私達は法被を借りたまま踊りながら宿へ向かう。左右の青田を眺めながら「夕やけ小やけ」を口ずさむと、赤とんぼが目の前まで寄ってきた。宿でも枝豆ややまべの塩焼きが大皿に盛ってある。またも酒と音頭で祭りの夜は更けた。網戸越しに入ってくる風が冷たい。

昔、心平先生が旅をされたシルクロードにそびえる天山山脈になぞらえ、文庫を通してみちのくと中央の文化交流、人と人との出会い、融合の願いをこめて「天山文庫」「天山祭」が誕生したという。

この祭りに参加して、しみじみと命の洗濯をしたと思う。早暁から夏鶯がさえずり、洗面用の水が氷水のようであった。昨夜の花火が鮮烈にまなうらに泛んできた。

花火

昭和五十三年、東京の夏の風物詩「両国の川開き」が、「隅田川花火大会」と名を変えて十七年ぶりに復活した。幼い頃の下町風情の思い出にひたる人、花火の輝きに戦火を思い起こす人、大空を彩る大輪の花はさまざまな心を映して、七月二十九日夜開く。「江戸の華再び」という大々的な見出しで各新聞に報道された。

昔の川開きには、親類知人を大勢呼んで物干台から花火を見物したそうである。「鍵屋」「玉屋」と威勢のいいかけ声が盛んに夜空にとびかった。下町の人々は、花火大会を正月や祭りより待ち望んだようである。仕掛け花火や大玉の打ち上げ花火に、今日の命を確かめ合っている感があった。花火を見る気持ちさえあれば、誰もが楽しめるまさしく天の花である。

文献によると、戦国時代の花火はノロシの役目を果たし、川中島や関ヶ原の戦場でも使われた、とある。天正九年（一五八一年）、安土城落成式の祝いに使用されたのが最初だという。江戸開府になると、両国付近の川岸には各藩の下屋敷が建ち並び、各藩秘伝の火術の稽古を隅田川に向けて盛んに行った。花火が庶民のものになったのは、万治二年（一六五九年）、鍵屋弥兵衛が日本橋に店を構え、花火の製造をはじめてからである。遊びだった花火がひとつの行事として定着するのは、享保十八年（一七三三年）の両国川開きからである。享保のききんやコレラの流行のため、前の年に幕府が水神祭を行ったのをきっかけに、隅田川両岸の水茶屋組合が、川開き花火大会を開いた。この時の花火の数は、仕掛け、打ち上げ合わせて二十発前後で、鍵屋が担当した。その後は興隆の一途をたどり、文化七年（一八一〇年）には鍵屋の番頭が玉屋として独立、競争時代に入る。玉屋の方がアイデアにすぐれていた。文化文政の頃、広重の浮世絵によると着飾った町人が舟や橋の上にあふれており、当時は江戸最大の年中行事であったが、「倹約」のおふれを出した天保の改革から急に衰微する。

明治維新後、川開きは年々盛んとなり、明治六年には横浜から花火見物の臨時列車が出たほどだった。明治三十年、人出は十万人を越え、両国橋の欄干が落ちて五人の死者と四十二名の生死不明者が出ている。昭和に入ると人出は百万人を越し、昭和九年で打ち上げが五百本、仕掛けが二十六基にのぼった。両国の花火は、昭和十四年まで続けられたが、大戦争中はやむなく武器として使用された。

戦後の復活は昭和二十三年、焼け野原に七十万人が集まった。しかし隅田川の汚濁、交通事情の悪化、花火玉の縮小規制などから、川開き花火大会は三十六年で中止されていた。

そして昭和五十三年七月二十九日の夜、再開された。私は茶の間のテレビで眺めたが、やはり現場の観衆のどよめきを耳にしないせいか、感動は薄かった。

私達の子供の頃は、小遣いを出しあって手花火を楽しんだものである。五銭もあれば一握りほどの花火が買えた。湯上がりに浴衣を着てバンコに集まった。畳一枚ほどの部厚い板張りに四脚がついていて、安定した腰掛けである。七、八人はゆっくり涼むことができた。蚊取線香やうちわも用意し、足許の藪蚊をぱたぱたと追いながら花火に興じた。筒状の青、赤、白の光がシュッシュッと噴き出すのを五、六本楽しみ、あとは一束一銭の線香花火で我慢した。小さな火の玉が落ちる瞬間に炸裂する。実に気短で、パッパッと音をたてながら開く花火は、何ともいえぬ愛嬌があった。父の飲み仲間で酒が入ってメートルがあがると、かならず線香花火の真似をする人がいた。両手両足をまことに器用にあやつりながら、顔面くしゃくしゃにして演技した。みんなを笑わせながら、本人はなぜか哀しげであった。世の中は刻々と非常体制に入り、否応もなく一銭五厘で生命を召しあげられる時代であった。

一握りの花火はあっという間に終わり、ひんやりしたバンコに仰臥しながら星座のあてっこをした。流れ星が飛び、線香の渦巻きが消えかかる頃、誰かが怪談話をはじめる。幾度も聞かされた作り話とわかっていても恐ろしかった。遠くの花火がひとだまに見えたりした。八朔が過ぎると、山あいの夜気もしっとりと流れ、バンコの肌ざわりもつゆけき感じがする。

急に小用をもよおして家に帰ると、入り口の戸にやもりが数匹はりついている。まるで通せんぼをしているようであった。昔は網戸もなかったので、開けっ放しの窓からおびただしい火取虫が飛び込んできた。黄金虫が壁に激突したり、艶やかな蛾が裸灯の周りをばたついた。うるさくて硝子戸を閉めると、いちめんに千の虫が貼りついた。その頃は農薬の散布も少なく、小さい生物が悠々と息づき自然界も賑やかであった。

朝になって家のまわりを掃く時、花火のもえかすと草かげろうの屍に、ひとしお命のはかなさを思った。

広島忌

夾竹桃が咲く頃になると、広島の夏を想い出す。

広島には、昭和三十七年より四年間住んだ。毎年「広島忌」が近づくと街中が落ち着かなかった。夏雲は怒りをこめた表情をなし、川底から無数の声なき声が聞こえてくるようだった。風がぴたりと止む夕凪時、沈黙の憤りを五体で感じとった。

広 島 忌 釣 師 の 竿 に 万 の 霊
流 灯 の よ ど む は 遺 骨 沈 め る や

市電に乗った折、隣席にケロイドの人が座った。その横顔に西日が射すと、まことにすさまじかった。見てはならぬものを見てしまった気持ちと、いや決して目をそらしてはいけない、しっかり見つめるべきだという思いを抱かせた。

原 爆 痕 透 か す 怖 れ の レ ー ス 服

ケ ロ イ ド を 隠 さ ず 女 白 桃 抱 く

ささやかなお見舞いを持って原爆病院を訪ねた。そこには未来なき戦後が残存しており、重藤院長のやさしい微笑にも苦悩の表情が隠しきれなかった。

長 梅 雨 の 濁 り 音 の も と 被 爆 体

原 爆 症 カ ル テ の 文 字 の 黴 噴 け る

俳句仲間の佐伯さんは、両親や妹さんに爆死され、広島忌が近づくと街にいたたまれず旅に出ると言われていた。平和団体がものものしい姿でスローガンを訴え座り込んだりするが、実の被爆者、その遺族達は病院のベッドや街の片隅でひっそりと苦しみに耐えておられる。長い間原爆病と闘っている大方の人は、過去を話したがらない。「よそ者にこの悲しみや痛みがわかるものか」と吐き捨てるように言った人があり、私ははげしく胸をつかれた。

未来なき被爆の顔の木下闇

原爆盲遠い記憶の金魚玉

はかり知れぬ悲しみをこらえながらも、三分の一世紀を生き抜いてきた老被爆者の新聞記事を書き抜いてみる。

被爆から三十四年、歴史の証人として生き残った老女が、広島原爆養護ホームで百歳を迎えた。

「生きとりゃ、ええこともあるけんのう。まだまだ長生きしますんじゃ」

田中キヌさん、爆心地から二・四キロの同市楠木町の自宅で被爆した。夫と六人の子どもを亡くし、被爆によるけだるさ、めまいに襲われ続けながら、八十九歳まで失対事業で働き通した。入所当時、しっかりしていた足腰もここ数年急速に衰え、二年前から寝たきり、朝の体操の時間にベッドで手拍子をとり、歌を口ずさむ。そんな気分の良い日は、慰問に訪れた若者たちにしっかりした口調で話しかける。

「原爆はいけん。みんなだめにするんじゃけん。あれはもうこりごりじゃ」

手の甲に空蟬かませ平和祭

原爆孤老に一房の葡萄粒充ちて

仰臥されているだけの余生に、なおも希望の灯をともし続けられる一人間の生への執着の尊さに、私は深く感動した。平和公園の慰霊碑の中に、

「安らかに眠って下さい　過ちは　繰返しませぬから」

と、一文字一文字に血涙を込め、二十万の霊に誓って彫ってある。良心を一かけらでも有しているとしたら、金輪際行ってはいけないことである。

昭和二十年八月十五日に終戦になっていなかったら、新潟、大阪、尼崎、小倉、大牟田などにも投下する計画があったという。日本国土の重要地をことごとく原爆被災地にされていたら、はたして今日のように復興していたかどうか、考えただけでも身の毛のよだつ戦争秘話である。

昭和四十年の夏、被爆二十年忌を迎え、中国新聞に原爆に関する記事が特集されたことがある。内容は息がつまるほど哀しいことばかりであった。毎日丹念に読みすすむうち、切ない感動が十七文字となり、百数十句を書きとめた。広島に移り住んで三年間、隣人知人から聞かされたり、原爆資料館で確かめたり、例年の平和式典の重苦しさなどを体験したが、特集された記事により改めてその恐ろしさ、みじめさを骨のずいまで知らされた。

その夏、ほかの季語は全く使えなかった。「広島忌」「原爆忌」このふた言にとりつかれた如

く、見るもの聞くものが被爆の痛みに結びついた。来る日も来る日も作句しているうち、頭が疲れてしまった。そしてついに幻覚症状がおき夜眠れなくなった。無理して目を閉じると，私の体の上を被爆した人達が列をなして歩いた。私は書き溜めた鎮魂の句を清書して太田川に流した。うるむまなこに対岸の夾竹桃が燃ゆるばかりに咲き充ちていた。

嘘ならぬ夾竹桃匂ふ爆心地

原爆忌緑陰深く乳母車

私の八月十五日

終戦忌は、生き残った私の別個の命が甦った日ではなかろうか。

昭和二十年三月、女学校の卒業式はひそやかに行われたが、実際は学徒動員として緊縛され、それまでどおり風船爆弾の原紙作りに励んだ。軍事作業に従事するようになってからは、家から通うのは時間的に無理なため寄宿舎に入っていた。土曜日になって家に帰りたくても、容易には許可してもらえなかった。帰宅途中の人身事故を心配されてか、或いは宿舎に爆弾が落とされた時、一人でも多くの消火人員を備えておきたかったのであろうか。

あの切迫した時代、お盆休みがあったのか、或いは交替休日であったのか、十四日から帰宅したことを克明に覚えている。当時山鹿行きのバスは二時間おきぐらいで、一台のバスに積み残されたら、また延々と待つことになる。敵機来襲の場合、単独で歩いている方が、かえってすばやく物陰に隠れられる。私は重いリュックを背負って、家路十三キロを歩き出した。

寄宿舎の朝食は、高粱飯一杯、沢庵二切れであった。水筒を肩にかけ、携えた食物は小さな茶缶に炒り大豆が一つかみほど。服装はシャツともんぺに防空頭巾をかぶった。広島に恐ろしい爆弾が投下された直後、白シャツをことごとく国防色に染めた。リュックから布靴まで同色であった。草いきれのする日盛りの道を、炒り大豆を一粒ずつかみしめながら水腹で歩きつづけた。汗はとめどもなく滲み出てくる。シャツの色どめが充分でないせいか、泥じみた汗が滴った。途中湧き水が数個所あったので、その度に水筒を充たした。

夕方やっと家に辿りついた。仏間には秋草の描かれた提灯が吊るされ、もぎたての野菜や精霊団子も供えてあった。久しぶりに風呂に入って、母や妹たちと床を並べて寝た。寝入りばなに一度空襲警報の半鐘が鳴ったが、近くには防空壕がなかったので、ただ身を起こして物陰から空を仰いだ。銀翼を列ねたB29が凄まじい音をたてながら山峡の空をあっという間に過ぎ去った。

明けて十五日早暁、女郎花や桔梗など山から手折ってきたものをバケツにつけて水あげした。この日は家族揃って墓参りにゆく日である。正午にはただならぬ玉音放送があるというので、私たちはラジオを囲んで正座した。庭の桜の木にはしきりに油蟬が鳴き、何となく落ち着かなかった。玉音放送は雑音が入ってあまり聞き取れなかったが、「忍び難きを忍び……」というお声だけははっきり伝わった。私たちは板張りに額をすりつけて泣いた後、家のすぐ下の清流で思いきり戦争の垢を洗い落とした。四方山の鮮烈な緑の美しさを今も忘れない。

寄宿舎ではリュックを枕にもんぺを着て、ズック靴を履いたまま寝ていた。多い日は数回も敵機来襲で起こされたのに、終戦を告げられた夜は静寂そのもので、空を見上げると満天の星がきらめいていた。負けた悔しさと、がんじがらめの縄を解かれた身軽さが奇妙に交錯してなかなか寝つかれなかった。束の間の女学校生活で習った曲の中から、「野ばら」「椰子の実」「故郷の廃家」などを思い出すまま口ずさんだ。

風船爆弾作業も八月十五日をもって中止され、学徒動員も解散した。終戦後三十数年も経て風船爆弾に関する記録が発表されたが、それまではいっさい知らずにきた。あくまで軍事機密の中で命令され、私達女学生は黙々と服従して原紙生産に励んでいたのだった。

学業をなげうって一途に愛国心にもえ、純真無垢の手で作った風船爆弾は、アメリカ西岸で多少の被害を与えたらしいが、殺人兵器として人類史をよごさなかったことにほっとしている。

昭和二十年八月十五日は父の初盆であった。終戦二週間前すでに戦死し、新仏の霊はビルマから還っていたことであろう。遺族として、厳しい戦後の生活が開始された日でもある。

——昭和十九年初夏より「フ作戦」は開始され当時の金で二億円なる軍事費を予算として組みこまれたそうである。その年の十一月から翌年四月にかけて高度一万メートルの上空を西風にのせ、新幹線の速力でアメリカ本土に向けてとばしたそうだ。和紙でつくった淡い水色の気球はレーダーにも映らず、突然得体の知れない大きな風船がふわりふわりととんで来たら、敵方も気味悪かった事であろう。二八〇件ほどの大小の被害はあったらしいが、人心動乱をふせぐ意味でいっさい発表されなかった。アメリカ軍部が恐れたのは、風船のなかに細菌が詰めこまれてくることであった。

「フ作戦」がアメリカ軍部の心理を動揺させたことはたしかであろう。それが原爆投下のひきがねとなり、終戦へと導いたとの見方もある。

（「風船爆弾記録書」より）

風呂敷物語

父が戦死した後、私は家を出たことがあった。着替え一風呂敷、つれづれに書き溜めたもの一風呂敷を両手にさげて、早良郡の山寺に籠った。晴耕雨読の生活をし、時々山を下りては短歌仲間のM氏を訪ねたり、役所の図書室で本を借りたりした。

小島直記先生にお目にかかったのはその頃である。カルテの裏紙に書き溜めた原稿を風呂敷にくるんで、下駄履きもんぺ姿で職場にお邪魔した。突然の訪問に困惑されたであろうが、Ｍ氏の紹介状があったので一応手にとって目を通された。どのような言葉を頂いたかは記憶にないが、先生の眼差しのやさしかったことは、克明に覚えている。昭和二十二年晩春のことであった。

人里離れた山中で、下手な詩を書いて霞を食っては生きていけなかった。まだ焼け跡の残っている福岡の街を毎日職をさがして歩いたが、なかなか見つからず、ふところはすっからかんになった。仕方なく天神町の闇市で衣類を一枚売った。これで余分なものはなくなった。五十円で売れ、それを持って西鉄電車にとび乗った。胸の底から次のような詩がうかんできた。

一すじの煙は雲になることを信じ
流し水は海になることを信じ
小鳥たちは詩になることを信じ
踏まれる雑草は春の光を信じ
　そんな朝

この日に作った詩はいまも忘れない。

筑紫平野は見渡す限り菜の花が咲き、もゆるばかりに眩しかった。

その後、八女郡の教育事務所を訪ね、代用教員の辞令を受けた。三年ほど勤めた後、苦学生の兄と下宿生活をした。いろいろな事情で職場と栖を転々と変わったが、一枚の衣服もふえず一風呂敷のままの身軽さであった。

世帯を持ち、二人の子連れで帰郷する折も、風呂敷包みをさげた。乗り降りの時、手拭で二個つなぎ肩にふり分けると、楽に子どもの手が引けた。駅に迎えに来た妹達は、あまりに格好が悪いと笑った。都会よりの里帰りの姿は、さっそうたる外見を期待されたのであろう。

当時売られていた鞄は、空でもやたらと重かった。風呂敷なら中身だけの重さであり、使用後は洗って小さくしまえる。最近ようやく軽い鞄を求めたが、旅立つ時は忘れずに三、四枚の風呂敷を入れておく。風が吹けば頰被りに使い、寒ければ肩や膝に掛けてよし、またビニールの風呂敷一枚あればしぐれにも間に合う。

息子が小学校一年の頃、捨て犬を拾ってきたが、社宅住まいのため飼うことはできなかった。もとのところへ置いてきなさいと言うと、お宮の裏のほら穴で小犬と一緒に暮らすと言い出した。息子は本気で、風呂敷に下着と靴下と貯金箱を包んでだだをこねたが、夕方になると心細くなったのか納得した。六歳の子が、生活するのに着替えとお金が必要だと認識していたのである。いまだに語り草として家人から冷やかされている。

亡き姑も風呂敷が好きであった。どこへ出かけるにもハンドバッグはさげず、財布を帯にはさみ、懐紙入れを縮緬の風呂敷に包んで持ち歩いた。茶の師匠で年中和服で通していた姑は、風呂敷を装飾小物の一つとして趣味のよいのを選んでいた。外出の帰りには、かならずその風呂敷が小さくふくらみ、季節の果物か出先で頂いた菓子包みを、「はいお土産」と家人に手渡すのが楽しみのようであった。

人様から物を頂く時、美しい包装紙や風呂敷に包んであると夢はさらにふくらむ。包み過ぎ廃止運動のさかんな折、このような少女趣味的願いは一笑されるであろうか。

我が家の押入れには十数個の風呂敷包みが犇めいている。積みようが悪いと、襖を開けたとたん転がり落ちてくる。家の者はこれをボロと呼び、家の中の整理がつかないのはこのボロを捨てないからだという。私は、古着古布を洗ってきちんと分類して入れている。思いがけない時、役に立つものである。昔のおむつはたいてい古い浴衣で間に合わせたが、この頃は貸おむつ屋などもあり、手荒れの心配はないであろうが、手を抜くだけ母子の情は薄れそうである。

私達夫婦は終の栖に根をおろしたが、やがては息子も就職し、辞令一枚で日本各地を駆け巡ることになったら行く先々の思いを込めた風呂敷包みをさげて、深大寺の栖に羽をやすめに帰ってくるであろう。

洗濯魔

私は家の者から洗濯魔と呼ばれている。一年三百六十五日、ほとんど欠かしたことがない。時折腰痛を訴えるが、あまり同情はしてもらえない。好きでやっていて、趣味のひとつと思われているからである。いまも盥を使用したりするので、自業自得だと言われ、主婦の労力は侮られがちである。

年の始めのしんと静まりかえった朝、洗濯物をひるがえす家は、町内見渡したところほかにはなさそうである。「元日ぐらいは洗濯機を休ませたら」と言っていた家人も、あきらめたのか何も言わなくなった。向かいの家が建つまでは、物干し台から雪化粧した初富士を拝めたものである。青々と澄んだ寒晴の空に、真っ白な洗濯物を高々と干し上げる時、私は命まで洗われる心地がした。

戦争末期の洗濯物は大方暗い色であった。命令で白いものはことごとく国防色に染め、洗っても洗っても垢抜けしなかった。石鹼は泡のたたない粘土の乾いたようなものであった。竈の灰を漉して灰汁で洗ったこともあった。毎日汗と泥まみれの衣類をたいていは水洗いするだけなので、労働の匂いが染みついていた。戦後は目に見えて洗濯物の色彩がゆたかになったが、私はいまだに明るい派手な色は着こなせない。

　生家は家族が多かったので、二、三日溜めると大へんであった。いまのように電気の力を借りるのではなく、洗濯板でごしごしやったり盥でもみ洗いするのである。風呂場に中腰みして洗う労力は、並大抵ではなかった。ただしゆすぎは楽であった。庭づたいに降りたところが川で、少し上流の堰でいったん漉されるので水は澄んでいた。流れも速く、衣類の端をつまんで振り洗いすれば、石鹸の泡は簡単にとれた。雨あがりなど水嵩がふえて、うっかりすると小物はあっという間に流された。

　大水の後は水神様に供える風習か、もぎたての新鮮な胡瓜やトマトなどが次々に流れてきた。湧き水も豊富で水質がよく、いくら気前よく使っても無料であった。

　昭和三十四年、新潟へ引っ越す時にはじめて洗濯機を買ってもらった。雪国で暮らすには、回転式絞り機がぜひ必要だとすすめられ、私はしぶしぶ洗濯機を使った。それまで、私はかたくなに拒んでいた。社宅で先に購入した人が、何もかもいっしょくたに洗っているのを見て、私は使用する気にはなれなかったのだ。それに両手があるのに機械にまかせるのは、不精者のすることだと思ってもいたが、使ってみると確かに文明の利器で、ほかの仕事も同時に片づいた。

　新潟で二冬過ごしたが、驚いたことに回転式絞り機で水分をふりきった筈のメリヤス類が、一週間たっても全く乾かなかった。ついに着替えがなくなると、ストーブで乾かした。冬季以外でも庭が砂地であり、日本海から吹きあげる風は荒かったので、ほとんど室内で乾かした。年中干し物の下で暮らすようなものであった。

洗濯機でもやはり私は分類して洗い、ゆすぎには大盥を使う。音を立ててゆすがないと落ちたような気がしない。そして衣類の干し場も決めている。形を整えて干し、乾いた後きちんとたたんでおけば、アイロンは不要である。日の沈まぬ前に取り込む。私の出不精も、洗濯物の始末を人にまかせたくないためである。今年の夏のように雨が少なく、都の水甕に赤信号が出たりすると、洗濯魔にとっては少々気がひける。

新聞をひろげると、まず天気予報を見る。北寄りの風の時は、よほどの大降りでも軒下に干せるが、南寄りの風午後俄雨と出ていれば、早めに家の中に取り込まないと落ち着かない。

梅雨が明けると、待ってましたとばかりに、毛布を洗濯する。家庭をもって二十数年、毎夏欠かしたことがない。風呂の水をいっぱいに張り、十分ほど焚いてかきまわすと適温になる。八つ折にした毛布を盥に入れて踏み洗いする。後はぬるま湯でゆすぎ、軽く絞って竿に干す。ゆすぐ時と竿にかける時は、相当な労力がいる。七、八枚洗うと、いよいよ腰が伸びなくなる。サロンパスを貼って前踞みに歩いたりすると、家の者は口を揃えて、クリーニングに出せばいいのにと言う。しかし、私は年中行事の一つをやめたくはない。不快指数最高の季節、踏み洗いを楽しんでいるのかもしれない。盛夏であるから、陰干しでも二日で乾く。三日目の午前中、からっと陽に干して大風呂敷に包んでおく。立冬の頃ひろげて使うと、ふわっと夏の陽の匂いがする。

幼い時から、下着だけは真っ白な清潔なものを身につけておくことを教えられた。それが習慣になっているので、これからも洗濯だけは怠らないであろう。家族に毎日さっぱりしたものを着せる。これだけが私の取り柄かもしれない。手足の動く限り、洗濯魔と言われて過ごしたいのである。

雪解けの音

冬籠りの季節になると、二十余年前の雪襖に閉じ込められた生活が甦ってくる。

九州育ちの私にとって憧れの雪国であったが、実際に暮らしてみると空想したほど雪は美しいものではなかった。幼い頃こおどりして掌に受けた、ふわふわした淡いはかないものとは、およそ違っていた。

地吹雪の舞い狂う日は、外へ出る前から足が竦んだ。深々と頰被りしていても、砂混じりの雪片に目潰しにあったり、突然腰まで埋まり込んだりした。すると、もう一歩も先へ進まなくなり、引き返すほかはなかった。のっぴきならぬ用事を果たして日暮れに帰ると、路面はカチカチに凍り、まさに刃物の上を歩くようであった。明けても暮れても吹雪、家の中にじっとしている日が多かった。すっぽり雪に覆われた屋根は重々しく、時々耐えきれぬ軋み音を出す。魔物がのしかかっている不安に日夜おののいた。

主人はT証券の初代新潟支店長として赴任した。基盤作りに社員一同、ほかの支店の倍、苦労した。日曜祭日なしの出勤で、朝から真夜中までの精勤ぶりであった。管理職の社宅六棟が同じ敷地にあり、会社から自宅へ延長した暮らし方で、息の抜ける雰囲気ではなかった。

長い冬籠りの生活になじまない夫人達は、それぞれの苦情をもって、私の家に押しかけてこられた。

或る朝、主人が出がけに封筒を渡し、「社宅の夫人達を『イタリア軒』へでもさそって会食するように」と言ってくれた。私は弥彦山か、寺尾の遊園地へ母子揃って遠足をする計画を立ててみた。

するとK夫人が「鍋茶屋」で、雪国芸妓の舞いを見ようと言い出した。主人にこのことを相談したところ、とんでもない話だと言う。新潟でも相当な地位の人々が遊ぶ一流茶屋で、はした金で遊べるわけがないと言う。

K夫人は芸事が好きで、三味線の稽古に通っていた。その師匠の口ぞえで、新潟一の料亭に真っ昼間から乗り込むことになった。格式のある表戸をやや緊張した面持ちでくぐった。姿が映るほど拭きこまれた二間廊下や、薄暗い渡り廊下をいくつもいくつも曲がり、風格ある百畳敷の部屋を通り抜け、奥の一室に通された。この料亭には、歌人の吉井勇がよく遊んだそうで、直筆の書が幾枚も掲げてあった。好景気の時代ではあったが、一サラリーマン夫人達のたやすく遊べる場所とは思えなかった。芸妓を数名呼んだ。正気の沙汰では行えないことである。主人から渡された金一封で賄える筈はなかった。

高脚つき塗り膳に器も料理も超一級で、箸をつけるのが惜しいくらいであった。氷を彫刻した皿に、生き鯛の刺身と鮑が盛ってあり、生の甘海老も初めて口にした。とろけるような旨みであった。

芸妓は、いずれも雪国特有のきめこまかな透きとおるような肌をしていた。K夫人はもと宝塚出身の女優さんであったせいか、宴席にすぐとけ込んで芸の話を交わしていた。私は家を出る時、「亭主に恥をかかせる真似だけはするな」と釘を打たれていたので、なかなか肩の力が抜けず、なるべく早く引き揚げたかった。

そこへ小柄な老妓、お志津さん（仮名）が現われた。当時の社長と旧知の間柄らしく、丁寧に挨拶をされた。新潟支店の開店披露パーティの折、社長命令で探したのが、昔の名妓お志津さんであった。そんな縁で、老妓の特種な芸を観せてもらったのである。

一斗樽を逆さにして、二本の棒が用意された。余興として軽い気持ちで聞くつもりであった。老妓が正座し、いざ二本の棒を握りしめ叩き出された。それまで若い芸妓の絢爛たる衣裳に目をみはり、優雅な舞いを楽しみ、美食に舌鼓を打ち膝をくずしていたのが、「樽叩き」を聞き進むにつれ、一同しずまり返った。その芸の力に思わず背筋を伸ばし膝を正した。老妓の構えには一分の隙もなかった。凜とした迫力がみなぎっていた。

叩き終えると、つつましく一礼し足音もたてずに消え去られた。私達は、老妓のふるまいを感動をもって見送った。一陣の雪解け風が吹き過ぎた感があった。

今となっては、K夫人のとてつもない思い立ちをよかったと思っている。生涯、後にも先にもできっこない茶屋遊びの体験をもちえたのである。これはお志津さんのかげの尽力でお膳立てがなされたのではなかろうか。

二十年前の名芸人の技は、すがすがしく耳底に残っている。あれはまさしく雪解けをいざなう念力をこめた音であった。

深夜の訪問者

警察より電話がかかってきた。

「昭和五十年三月頃、泥棒に入られましたね。その犯人が捕まりましたが、三年前の調書と自供が少しくい違うので、本日確かめに伺います」ということである。盗まれたものが返ってくるのかしらと一瞬思ったが、十中八、九は期待しないことにした。

昼過ぎ、刑事さんが二人来られた。犯人は日野警察署に留置されているとのことである。まず写真を見せられた。背が低く小肥りでむっつりした感じである。人並みに公団アパートに住み、妻子もあるという。個人タクシーの運転手で夜中にタクシーを流す途中、寝しずまった住宅に侵入し、犯行を重ねた。年齢は四十五歳で、泥棒稼業は四十過ぎてからはじめたという。博打に負け、その金欲しさに盗み、前科八犯という肩書もついていた。一見おとなしそうであるが、犯行知能は働くらしく、目星をつけた家には必ず入り成功したそうである。

番犬を飼ってたら、その犬をまず手なずけた。犬の好物の餌に自分のツバをつけて投げ与え、後日また同じ方法で餌を食べさせると、犬は尻尾をふって歓迎したそうだ。この犯人の手口は、台所の勝手口から入り戸棚などの抽出しを専門にねらう。寝所には決して入らない。人の起きてくる気配がしたら、物陰の暗い所に隠れる。刃物でおどしたり、居直ったりはしない。動きの極めて静かなのが特徴である。また予め逃げ道をつくって行動し、いざという時は営業用のタクシーでさっと消えるという。一時は盗んだ金で別荘を買い、自家用の外車まで乗りまわしていたそうである。それにしても、我が家の一件をよく記憶していて、すらすらと供述したものだ。

この犯人は三鷹の駅前から客を運んでいたという。主人はほとんど深夜帰宅で、タクシーを利用していた。三月といえば人事異動の時期で飲むことも多い。飲めば陽気になり、景気のいい話でもしたのであろう。

事件当時は田舎からの泊り客があり、その晩も零時過ぎまで話がはずみ、疲れ気味でぐっすり眠った。翌朝頭痛がしたので、娘に起きてもらった。やがて主人も起き出し、二人で騒ぎだした。椅子のうしろに置いている出張用の鞄がないと言う。私は慌ててとび起きた。本箱や水屋の抽出しがどれも二センチほど開いている。籠に入れていた買い物用の財布が見あたらない。庭に面した硝子戸も雨戸も一応は閉じてあったが、鍵がはずれている。私は裏庭から玄関へひと巡りした。風呂場の横にからっぽの財布と鞄が捨ててあり、書類が散乱していた。部屋に戻ると、座布団の間から給料袋がはみだしている。月給をもらった後、分配して主人の小遣いとして残してあったのが抜きとられたらしい。

現場をそのままにして一一〇番した。十分もたたないうちに、三鷹警察署の刑事さん数人が駆けつけて来た。指紋や足型をとられ、半日がかりで調書を作成された。昭和三十六年頃にも強盗に入られたことがあるが、その時の恐ろしさに比べれば熟睡している間の出来事なので、案外落ち着いて応答できた。ただ得体の知れない人の手に、本箱や水屋をさわられたことが気持ち悪かった。

一度にがい目にあっているので、戸締まりは厳重な方である。向こう隣にゆくにもいちいち鍵をかけるので、用心深過ぎると言われたことさえある。東隣の家は年中雨戸を閉めないし、北隣の家はその時増築中で、仮にシートでとめてあるだけであった。それなのに、家中鍵をかけている我が家に入ったことが不思議でならない。勝手口のドアをドライバーでこじあけて入っていた。そこは日頃、開かずの戸にして、外側にはこわれた冷蔵庫や林檎箱などを積みあげ、内側には水屋を置いている。たとえドアを開けても、横歩きしないと通れない。検視された刑事さんが、これはよほどやせた大人か、少年の犯行かもしれないと言われた。

朝からパトカーが二、三台とまったりしたので、近所の人々も好奇心をもって寄って来られた。「泥棒に入られました。お宅は大丈夫ですか」と、こちらから挨拶したところ、この時とばかりに「番犬を飼うべきだ」と注意を受けた。

私も勇敢な警察犬の物語や忠犬ハチ公の話などを聞けば、胸がジーンとする方で、雄々しく賢い犬は好きであるが、この頃は、年中無駄ぼえしても平気な飼い主も多い。いざという時、番犬としての役に立つのか疑問である。早速、警察推薦の鍵をもとめて取り付けた。

この泥棒がもし手口を変えていたら大へんであった。物色した隣室に私と娘が寝ていた。娘は女子大の仲間と卒業前のさよなら旅行をするつもりで、まとまった金をハンドバッグに入れ、枕もとに置いていた。私も家計費を袋に入れて、襖一枚開けたらすぐに盗れる位置に置いていた。それを盗られていたら、私もおおいに困ったであろう。家族一同かすり傷ひとつ付けられなかったことが、不幸中の幸いであった。

いよいよ戸締まりに神経質になった。外出の時など、三度は家中の鍵を確かめる。バス停まで行って、また引き返すこともある。

「この度、犯人が捕まりました」と報告されても、盗られたものが戻るわけでもなし、改めていまいましい気分を呼びおこされただけであった。

犯人が四十五歳と聞かされ、また同世代の落伍者が出たのかと哀れに思う。新聞の三面記事を見ると、昭和ひとけた生まれの犯罪ばかりが目につく。その頃四十代といえば、ひたすら我慢の教育を受け、戦後の苦しい中で青春期を過ごした仲間だ。どんな貧しさにも耐えられる筈である。石油ショックの時も、腰を据えて驚かなかった。何とか工面して生き抜ける術を心得ている。一方、一途でかたくなで融通のきかないのもわが年代である。何かのはずみで一度裏街道を歩き出したら、これもまっしぐらに突き進み、器用に引き返すことができないのではなかろうか。

戦前派には絶対服従し戦後派には自由にふるまわれて、戦中派はやり場のない憤りがたまっている。この鬱屈したものが、いつ暴発するかわからない。とにかく不安な年齢層である。私はなるべくおこりの虫を閉じこめず、その日その時、解決するようにしている。

職人往来

昭和五十一年の春、二階の南側に六畳一間を増築した。

四十五年四月にこの家に入って以来、近くで槌音がする度に見積もりをしてもらった。しかし材木が急騰したり、子どもの試験にぶつかったり、庭の植木が荒らされそうだったりで、思いたっては中止してきた。

そしてこの度、実直そうな棟梁を知人より紹介されて、迷わず決心した。棟梁は早速現場検分し、設計書と見積書を届けられた。数年前に比べ、三倍の値上がりであった。

二月四日から仕事に入りますという約束であったが、三日の夜半から雪が降り出した。翌朝止んではいたが、三十センチは積もっている。棟梁に電話をかけたところ、「大丈夫、予定どおり行います。やがて一行の車が着きましょう」ということである。

私は慌ててお神酒や祝儀袋、そして茶菓子などをそろえるため走りまわった。帰ってみると、すでに鳶職の人が足場を組んでいる。混みあった植木を上手にさけ、一本の枝も折らず棒を打ち込まれていた。午前中に屋根を剥がし、夕方には棟上げされた。数年来懸念してきたことが、たった一日で骨格だけはととのった。図面の寸法で材木を刻み、当日現場に運んで組み立てるのである。全く、「案ずるより産むが易し」であった。二月の風の吹きさらす屋根の下で、冷酒を汲み交わし、祝儀歌が流れ、「福は内、福は内」と声をあげたい節分の夜を迎えた。

それから一カ月、設計、鳶、大工、左官、ペンキ、ガラス、建具、電気、鉄骨、瓦、樋、十種に余る職人さんと付き合うことになった。たった一部屋つぎたすのに、これほど手間がかかるとは想像だにしなかった。職人さん達の話は、いずれも一癖一味あり、興味深いものがあった。棟梁は客に対しては親切でやさしいが、職人のかしらとしては相当きつく「仕事の鬼」のような人らしい。釘一本でも精魂こめて打ち込まないと、後の仕事を回してくれないそうである。その代わり賃金は約束どおり払ってくれ、かしらの配下にさえおれば、生活の心配はないという。

朴訥な感じの大工さんも、大当たりであった。一番寒のきびしい頃、池袋から深大寺まで一度の遅刻もなく、毎朝八時きっかり作業にかかられた。大へん薄着であるが、一時間も腕を動かせば汗が出るほどらしい。お茶時でも、こちらが話しかければやっと口を開くような人で、この道二十年ということである。作業中は決して煙草を喫わない。身辺に燃え易いものが散乱しているので、これだけは自らいましめているとのことである。

そんな話を聞かされた直後、私はとんでもない失態をやらかした。工事中埃がするので、洗濯物は室内で乾かしていた。鴨居に物干器を引っかけ、真下にストーブをたいていた。風呂の水栓を閉めにいったわずかの間に、肝を冷やすようなことがおきていた。部屋中に異臭が立ちこめて煙り、ストーブは火だるまとなっている。大方乾いた布が、ドアの風に吹かれて落ち、洗濯物に燃え移ったのであろう。大声をあげて助力を頼み、息子は燃え盛るストーブにぬれた布をかぶせ、私は夢中で水をかけた。大事にはいたらなかったものの、それでも買い替えたばかりの絨毯の端を焦がし、ストーブを半焼、洗濯物は一竿分まる焼けになった。息子は指に火ぶくれができていた。天井に火が移っていたら、もう素人では消せない。焦げた板張りを早速サービスで修理してもらった。

そのほか、次々にややこしい相談をしても快く応じてくれた。

「隣室との壁はそのままに……いや、ぶち抜いて下さい」

「日当たりがいいように掃き出し窓に……いや、高窓にして下半分は戸棚になりませんか」

二転三転、家族の意見が変わるので、さぞ仕事がやりづらかったろうと思う。それでも口数の少ない大工さんの仕事はきびきびとはかどり、予定どおり半月で終わった。その後、左官仕事は天気に左右されて遅れ、注文した秋田杉の建具はなかなか届かなかった。

最後に来たペンキ屋さんも印象に残った。雪駄を履いて、ひょいと入ってこられ、「ペンキを塗らしていただきやす」と一言挨拶された。鉄格子の色をこちらで指定すると、何の返事もなく刷毛は動きはじめた。鉄格子の裏と樋の重なっている部分に塗り残しがあった。「おじさん……」と指さしたとたんに、「俺が仕事をしている時、素人さんは口を出さんでくれ」ときびしい口調で言われ、息のつまる思いがした。

夕方、仕事がすんでお茶を入れた。刷毛を持った時の顔とは、別人の如き穏やかさである。昔話をいろいろと聞かされた。明治生まれの浅草育ちで、六十年ペンキ塗りをしているとのことである。「職人は仕事に打ち込んでいる時が生き甲斐で、とことん信用されたら決して手は抜かねえよ」と言われた。茶の加減が気に入ったとか、狭い庭を見まわして駄木は抜き捨てた方がさっぱりするとか、思ったままを口にされた。

このペンキ屋さん、さすがに一滴の塗りこぼしもなかった。爽快なタンカを切られるだけの仕事をされたわけである。

椅子の話

昭和三十五年春、塚口の新築住宅に引っ越した。洋風の客間には応接セットを置かないと格好がつかない。主人はこの先まだまだ転勤が続くので、間に合わせでいいと言ったが、私は趣味に合ったのを備えようと思った。

三越、大丸、近鉄、そごう、阪急とめぐり、最後に阪神百貨店に立ち寄った。家具売り場の一角にようやく気に入ったのが目にとまった。色目がしぶく、風格のある椅子が展示してある。店員が近づいてきてほかの商品をあれこれとすすめてくれたが、私のもとめたい椅子は決まっていた。

「この椅子を下さい」

「これは非売品でございます」

「ぜひ、ゆずって頂きたいのですが……」

「注文して頂く品の見本でしたが、材質が少なく、製作中止となっております。それにこの品は長い間店頭に展示していたもので売るわけには参りません」

確かに布の部分は褪せ、脚はキズがついている。

婦人服のイージーオーダーの型見本など、季節が過ぎ布地がなくなると半額で売り出される。仕立てが入念で体型に合えば大へん買い得である。

何となく立ち去りがたくしていると、責任者が出てきた。私はもう一度お願いした。根負けしたのか、注文価格でよかったらということで、わが家の応接間に納まることになった。

その後数回引っ越したが、この家具だけはこわれることもなかった。日通の人は、この椅子の重さに顔をしかめて運び、家の者は扱いにくさが私に似ているとけなした。いよいよ終の栖を得た時、主人は「今度こそ捨ててしまえ。もっと持ち運びに軽く、クッションの柔らかい椅子に買い替えよう」と言った。

吉祥寺の家具屋に寄って相談したところ、布の張り替えは案外高くつくらしい。新品を買われた方がよいのではと、いろんなカタログを見せられた。なかなか決まらず、一応わが家の椅子を見てもらってから返事をすることにした。

後日、職人さんを同道して来た販売係の人は、新品の購入をすすめた。ところが年長の職人さんは黙々と椅子を観察し、こんなしっかりした椅子を捨てるなんてもったいないと言う。

「いまどき、こんなぜいたくな材質は使わなくなった。珍しい椅子だ。みごとなデザインだ」

としきりにほめてくれた。

座面の高さ、背もたれの傾斜、クッションの具合が最も座り心地よく、背すじが疲れない、と専門的意見まで聞かせてくれた。販売員は当てのはずれた顔をしていた。新旧交替の方へ話をもってゆきたかったであろうに……。どうやら、私の心情が職人さんには通じたらしい。あげくの果てに、「この椅子は自分に修理させてほしい」と言い出した。布見本の中からもっとも好きな柄を選び計算してもらったら、布張り替えだけで、新品の高級五点セットが買える値となった。

「この布でしたら、自分の生きてる間に再びお目にかかれないほど長持ちするでしょう」と職人さんは保証した。著名な結婚式場の椅子も作っていたらしく、写真を一目見れば、自分の作製した椅子とわかるそうである。

半月ほどして張り替えた五点の椅子が戻ってきた。しばらく椅子のない生活をしたが、膝は痛く腰は疲れた。装いを新たにした椅子を部屋に配置し、いつもの如く家族は腰をかけた。わが居間にはなくてはならぬ家具であった。たいした変わりばえもせず相変わらず重たい椅子であるが、かなりの地震がきても泰然と構えている。地味で素朴で飽きのこない風態をして、家族の喜びやかなしみを聞こえぬふりして聞いていてくれる。食後くつろぐ時、私はその椅子の上にゆったりと座る。新聞を読み、テレビを長時間みてもあまり疲れない。

しばらく旅に出て戻ってきた時、この椅子にまずかける。溜った郵便物に目をとおし、お茶を一服啜りながら、「あーわが家がいちばん居心地がいい」と思う。この椅子こそ、身も心もしみじみと落ち着ける場所である。

桐の下駄

菊日和の朝、仕付けを解いたばかりの紬を着ると、心地よく身がひきしまり肌で季節を感じる。真っ白い足袋と桐の下駄を履きおろす。一歩一歩が落ち着いた足どりでさわやかにはずむ。私は少女の頃より桐の下駄が好きであった。小学校時代、絣か銘仙の着物にメリンスの帯と前掛けをしめ、履物は下駄か麻裏草履を履いた。正月、盆、祭りには下駄を買ってもらった。新しい下駄は歯が角ばっているため、よく転んだりこねたりした。はしゃぐ気持ちを押さえ押さえ、地面に慣らさねばならなかった。

家族が多かったので、よほど面々が気をつけないと下駄のぬぎ場がなかった。人の下駄を履くな、主の下駄を履くな、と躾けられた。母は口癖のように下駄を揃えなさいと言った。履物がきちんと揃えてある家には、泥棒も敬遠して入らないと聞かされた。

当時、女子は高等科を出ると三、四年奉公し、その間に行儀、家事を見習い、大方は親の決めた家に嫁いでいった。一月半ば藪入りの頃、古い人が一人辞め、新しい人が入った。世話人に付きそわれて来る。もめんの鼻緒の締まった下駄が、勝手口の隅っこに片寄せてぬがれていた。この下駄がすり減る頃には、仕事の手順もおぼえ家族の一員としてとけ込むことができるのであった。

盆、暮れに頂くものとして、食品や日用品の中に下駄も数足積まれていた。半期半期に頂くので使い切れるものではない。こちらでも世話になった方々に配って歩く。下駄はよそ様へまわせば喜ばれた。熨斗だけ付けかえて配ることを「嫁らかす」と言っていた。何軒かぐるぐるまわって、また我が家に戻ってくることがあった。丁寧に盥まわしをされたあげく、下駄がひとりでに歩いて戻ってきたようでおかしかった。

女学校に入って間もなく大戦争がはじまり、黒い革靴は禁止され下駄通学となった。学校の売店では杉下駄が売られた。この下駄のもろかったこと、すぐせんべいのように薄くなり、音をたてて縦に割れたりした。

「下駄さん」とひそかにニックネームをつけている先生がいた。授業中よく脱線されたが、この先生の時間は眠くなかった。長い竹のムチをよく使い、試験に出そうなところは黒板をたたきながら教え込まれた。ぼんやりしている生徒が復唱させられ、とんちんかんな応答をすると豪快な声で笑われた。いつムチがとんでくるかもしれず怖かったが、からりとした日和下駄の感じの先生であった。

戦争末期になると、正月を迎えても新しい下駄を揃えることはできなかった。私はその頃、学徒動員のため寄宿舎に入っていた。日に日に防空壕での暮らしが多くなり、その穴倉の薄明かりの中でせっせと鼻緒を作った。正月前に持ち帰り、家族中の古い下駄を洗って手作りの緒にすげかえた。

戦後しばらく、つっかけ下駄が大流行した。作りも粗雑で何とも貧しい音がした。下駄音で折々の心境がよくわかる。慌てて ことを知らせる音、夜半の湯帰りの音、初雪にはずむ高下駄の音、それなりの情景が音によって伝わってくる。

長女がはじめて歩き出した時、チリチリと鈴音がした。鈴のついた手のひらほどの下駄で、鼻緒の端に赤い紐をつけて小さな足くびに結わえてやった。一誕生過ぎてもなかなか歩かず、三カ月遅れてやっとよちよち歩きをした。その後、こもごもの嬉しさに下駄を鳴らし、或いは度々の通院に重い下駄を引きずった。

私は扁平足のため格好のよい靴は履けない。初月給で買ったハイヒールを無理して履き、さんざん足を痛めてしまった。それ以来靴恐怖症となり、専ら下駄を愛用するようになった。鎌倉彫りや漆塗りの凝った下駄より、普通の桐台にビロードの丸緒が一番履き心地がよい。なじみの下駄屋に行けば、きつからずゆるからず、手ごころで緒をすげてくれ、台もやや広いのを見つけてくれた。

近頃は下駄履きの人がめっきり少なくなったためか、下駄の歯替え屋さんを町角に見かけなくなった。亡き義母が遊びに来た時、昔話をいろいろと聞かせてくれた。義父が京都の嵯峨野で開業医をしていた頃、阪東妻三郎氏が隣家に住んでおり、親しく行き来していたそうである。或る日、患者として待合室にいた筈の阪妻さんの姿が見えない。最後の診察も終わって門を閉めようと外に出たところ、下駄の歯替え屋さんが仕事をしていた。そばに阪妻さんが蹲み込んで、三時間ほどその仕草を観察していたという。無法松のほか数々の名演技もうなずけることである。

履物の減り具合で、さまざまな性格や職業や人生が推しはかれるそうだ。水を打った玄関に真新しい下駄が並んでいると、一昔前は生活の節《ふし》を感じたものである。

白足袋

初富士や白足袋一歩門を出づ

日頃出不精の私も、いざ和服で身を整え白足袋で一歩外へ踏み出すと、心がはずみ女らしいふるまいと、一方で後には引けぬ凛とした気持ちが湧きだすのである。

石川桂郎師にはじめてお目にかかったのは、昭和四十一年春であった。その頃、角川俳句の選者をされており、私の投句した一句を推選して頂き、胸にひびく評を受けた。直ぐに礼状を送ったところ、早速筍句会の案内を頂いた。

当時静岡に住んでいたが、私は参加することにした。東海道線、小田急線と乗りついで鶴川駅に降りたった時、改札口に立っておられた。「桂郎先生ですか」「よく出て来られたね」と、含羞の笑みで応えられ、足ばやに歩き出された。先生も和服の着流しで躅み背であった。

神蔵氏の生家での筍句会はまことに家族的なもてなしで、思い出に残る佳き日であった。由緒ある屋敷で、床柱や梁の厚みにも風格が備わっていた。広い庭つづきに竹林があり、植物が豊富で嘱目吟にはこと欠かなかった。掘りたての筍飯に木の芽和え、衣被の俳味も忘れられない。句会の後、桂郎先生の七畳文筆小屋に数人寄せて頂き、俳句に魅せられた鬼たちの盃を春寒の句座にて受けたのである。私の持参した静岡のたたみ鰯とわさび漬は二次会の酒の肴に喜ばれた。

日帰りの旅から帰宅すると、その日のうちに書かれた封書が、追いかけるように舞い込んできた。次の句会にもあの紬を着て鶴川を訪ねて下さいと書いてあった。紫地の紬に履きおろしの白足袋が身のこなしをつつましく見せたのであろう。

その後東京に移り住み、毎月二回の句会にはほとんど欠席しなかった。四十路に入ってようやく生活のゆとりができて和服も新調したが、句会の折はなるべく時代がかった母ゆずりの薩摩絣などを着て出かけた。如何に忙しい時でも、足袋と衿だけは洗いたてを身につけて外出した。

若い頃の石川桂郎師の生粋の江戸っ子ぶりは、俳壇の語り草として言いつがれている。連衆と遊ばれる時、結城の着物に柾目のとおった桐下駄を履き、いつも一足先に酒席を立たれた。それとなく仲間の飲み代を払われる話など、よき時代の胸のすくような一場面である。

秋燕旅の紬は着くづれず

「洋服の時の作者は、どこか遠い島のおんな先生といった感じだが、一旦和服に着替えると驚くほど着こなしがうまく……」と過分の桂郎評を頂き、俳句の修練と共に身だしなみに気を配った一時期でもあった。いまからふり返ると、和服や小物に対する作家のきびしい目に恥入るばかりである。

下谷界隈には、名人の足袋職人がいるという。注文客の足型をとり、その人の足にきちっと合った足袋を作るのである。寸分狂わずといっても、足は動く度に筋肉の伸縮があり、微妙な寸法の違いが生じてくる。その加減をこころえ、個々の足の輪廓を手でつかみながら図面の寸法に指先の感触を加えて仕上げるのである。穿く人と作製する人の息の合った足袋である。芸事に命をかけている女人など、こはぜ一つのゆるみさえ気になったようである。

或る足袋職人は、幼なじみが名芸妓になり、その人の足袋を作ることが生き甲斐で片思いを貫いている。そんなひたむきな職人の生き方をテレビで放映されていたが、しみじみと心打つものであった。

白足袋や身の処し方を決めてゐし

尋常小学校三年生の時、戦争がはじまり銃後の小国民も万事耐えることを教えられた。私はその冬、足袋を穿かなかった。もともと油気の少ない体質の私は、たちまちヒビ、アカギレが切れた。担任の先生が見かねて、私が足袋を穿くように母へ再々連絡されたが、北支戦線の父を偲んで決したことでついに素足で通した。

学芸会で小楠公（楠木正行《くすのきまさつら》）役を与えられた折、藍色の袴を作ってもらった。それ以後、学校行事の旗日には必ず無地の紋付着物に袴、白足袋を身につけた。華やかな振り袖より、飾り気のない装いが私には似合ったようである。清気充ちた旗風の音や白足袋のまぶしさを、いまも鮮明に記憶している。

初雪や昨日の足袋を穿かざりし

如何に高価な着物や帯をまとっている人でも、半衿と足袋の裏のくろずみを見せられると、しまりのない裏方を垣間見たようで、何となく信頼感を失う。たとえ衣服は質素でも、丹念に繕った真っ白な足袋を身につけている人にお目にかかると、そのつつましさ、ゆかしさに人柄まで清廉潔白のような気持ちにさせられる。

手で洗ふ白足袋の冴えかへりけり

姑の足袋は洗濯機にまかせず、必ず手洗いをした。姑は茶道の師匠で、年中白足袋を穿いていたが、「家の中を一日歩きまわっても足袋の裏がこのとおり白い」と喜んでくれた。その姑もすでに亡くなったが、日々怠らず板張をしっかりと拭いている。

目に見えぬ神に仕へし足袋白く

立春佳日

渋沢秀雄先生の自選随筆集を読み、珠玉の文章の一篇一篇に感動したり共鳴したり、思わず笑いがこみあげたりした。その学識と教養の深さに教えられることが多かった。また文章の合間に自筆の絵がそえられており、両手に花を得たようにゆたかな読後感を覚えた。

昭和五十三年の暮れ、銀座の日本随筆家協会に立ち寄った際、「渋沢先生の絵が一枚欲しいです」とつぶやいた。とてもかなわぬ独り言としてそれきりの話と思っていた。

明けて一月末、編集長より電話を頂き、「二月四日立春の日に渋沢先生のお宅を訪問します。

その折、絵をゆずって頂くよう頼んであげたので、よかったら御一緒にいかがですか」と誘いを受けた。

再度先生の随筆集を読みかえし、「花を喰う」、この一篇がいちばん印象に残った。少し書き抜いてみる。


去年の五月十日拙宅で俳句会をもよおした。多いものは空襲、すくないものは配給、と相場の決まっていた時節柄、各自弁当持参の昼間の会合にしたが、宗匠の久保田万太郎先生をはじめ徳川夢声さん、小島政二郎さん、宮田重雄さんなど数名が寄りあつまった。食事のときあまりお愛想がなさすぎるので、弁当のお菜に精進揚を出すことにした。大部分は庭に生えている木の葉、草の葉を「たね」につかった。みな日の照りはえる新緑の庭に出て、俳句を考えながら、手に手に柿若葉、茶の芽、雪の下、たんぽぽ、菊の葉などを摘み、夢声老の提言にもとづき、葱坊主に茎を二寸ほどつけたものも「たね」に加えた。すべてが取り立てで新鮮無比だった。誰かが、こう俳句の季題ばかり食べるのは句会にふさわしい。俳句が上達するかも知れない、と殊勝なことを言った。

「俳句なんか上達しなくてもいいからトンカツが食べたいな」

とたんに子どもっぽい口調で久保田宗匠がこう呟かれた。しかしその日の句会は誰もかも実によく葉っぱを食べた。（中略）

葉っぱだけでは物足りなくなって、花を食べるまでに昂進していた。牡丹、くちなし、露草などいろいろ食べてみたが、結局藤の花の三杯酢にとどめを刺すことを発見した。酸味の底に、かすかな蜜の甘さもある。いかにも品のいい味だ。酒好きだったという清少納言の晩酌の肴か、紫式部のお茶うけにふさわしい品だ。（以下略）

戦時中の句会で食べられた葉っぱや花は、いまもなお生き続けているだろうか。

渋沢先生は、私の訪問を快くゆるして下さったそうで、約束された立春の日を待ちこがれた。五十四年二月四日は、風ひとつない穏やかな日で、深大寺の御塔坂上からくっきりと富士がのぞめた。手みやげに松前屋の塩こんぶをもとめ、私のささやかな句集をそえて差し上げることにした。

中央線、東横線と乗りついだが、その日の東京の空気はよほど澄んでいたのか、家を出る時に穿いた足袋が真っ白であった。田園調布で降り、坂道を少し上ると渋沢先生のお宅はすぐ目の前にあった。大きな庭木の奥にひっそりと平家の住居があり、老夫婦で過ごされているようである。玄関や縁側の建具など半世紀前に引き戻されたたたずまいである。

昭和十四年、滝野川のお屋敷の一部を解いて移された建物で、四十年たってもびくともしないということである。資材が上質でよほど大工の腕が確かであったのか、戦後幾度も建て直しを計画されたが、出入りの職人から解くのは惜しいと言われ、その度に中止されたそうである。

夫人に案内されて部屋に入ると、先生は過ごしやすい毛糸服に綿入れの甚平姿で、座椅子にもたれながら、別府大分毎日マラソンのテレビ中継を見ておられた。さりげなくお顔だけ向けられて、「待ってましたよ。これを楽しんでますからね。しばらく失礼します」と、もの静かな口調で言われた。おかげで私は緊張をほぐしながら庭先を眺めたり、先生の横顔を拝見したりした。何と温雅な風貌であろうと思った。

マラソンの決着がついてこちらを向かれ、「お待たせしました」と、まず私のさし上げた句集を手にとられた。「いい句がありますね」と、二、三句声を出して読みあげられた。

そのあと明治、大正、昭和へと話をつぎつぎに展開され、時々私たちの顔を見つめられた。「もうすぐ米寿を迎えます」と言われたが、この眼差しのやさしさで妙味溢れる随筆を書き続けられるのだと思った。

「先生、とても八十八歳とは思えません。二十年はお若く見えます」と申し上げると、「腹八分目食べて、何ごとにも好奇心をもやすことです。趣味をもてば一生若い精神で過ごせます」と言われた。冬には弱いが夏になったら山に登る計画を立てられていると伺って、私はひたすら恐れ入った。

雑談の合間に、夫人はお茶やお菓子をすすめられた。到来物だと剝いてくださった林檎の美味しさは忘れられない。

小柄な夫人は控え目な態度で心からもてなされ、先生のお話にもそれとなく相槌を打たれる。

夫唱婦随の典型を見せられたようであった。年齢はひとまわり違うそうで、夫人は七十半ばであろうが、実に身軽く優雅にふるまわれる。襖の開け閉めなど、立ち居の美しさに見とれた。

先生は年に一回、絵の個展を開かれ、百点ほど展示されるそうである。思い出のこもった絵が売れていく時は、娘を嫁に出すような気持ちがすると仰有った。

「昨年の個展の折、胡蝶蘭の絵が売れた時はしみじみ惜しゅうございました。その絵の前で、どうぞこの絵が売れませんようにと祈るような気持ちでした。ところが一番に予約済の赤点がつけられました。いまだに未練が残っております」と、夫人が言われると、先生は照れかくしの微笑をこぼされた。夫人こそ、先生の文章や絵の第一の理解者であり、ファンであるような思いが強く感じられた。

次の部屋に二枚の絵が用意されていた。これらも一応は個展に出されたが、ご自身お気に入りの絵で、すぐ家に持ち帰られたという。

一枚は「みかん」の絵で、部屋に掲げたらぱっと明るくなりそうな瑞々しい絵であった。もう一枚は「八ヶ岳」の絵で、山影を映した湖の色がすばらしかった。私の好きな方を選ぶようにと言って下さったので、膝をずらして少し遠ざかったり、硝子越しの淡い日ざしを当てたりして眺めたが、比べるほどにいよいよ決めかねた。

「みかん」の絵は、嫁がれた娘さんたちと湯河原へみかん狩りにゆかれた折の楽しい思い出がこめられたもの。「八ヶ岳」の絵は、今は亡き最愛の御次男と同道された折の切ない思い出によって仕上げられたもので、うす紫の雲の一刷毛に深い喪色がただよっていた。私は「八ヶ岳」の絵を頂くことにした。

夕日のさしているお庭を眺めながら、「先生、戦時中の句会の折には、このお庭の花や葉を召し上がられたのですか」とお尋ねしたら、いかにも楽しそうな声をあげて笑われた。立春の土はようやく柔らいできた。心なしか盛り上がった感じで、ふきのとうが匂ってくる気配がした。

夫人は暇さえあれば庭を掃かれるという。とくに雨が降りそうな日は、木の葉が地面に貼りつく前に心せわしく掃かれるそうである。ところが先生は、落ち葉は自然のままが風情がある、そして落ち葉を踏む音が楽しみであり、落ちた葉っぱは土に還すのが一番よろしいと言われた。夫唱婦唱の一場面がとても温かく耳に残った。

帰り際、夫人は私にコートを着せかけて下さりながら、「通りがかりにまたお立ち寄り下さい」とやさしく声をかけられた。

私は、大切な絵を抱きかかえて、田園調布の坂道をゆっくりと駅に向かった。まさしくすがすがしい立春の日であった。

記念樹

昭和四十五年、狭い庭つきの家を求めた。その翌春、息子が学習院高等科に入学した。校章は桜であった。合格の記念樹に「そめいよしの」を選んで庭に植えた。幹や枝ぶりからしていかにも青年を感じる若木であった。高校時代はまたたく間に過ぎ、成人式を迎えた。記念樹もすっかり大樹となり、花びらも年々華麗になった。

花が咲きはじめて十日ほどは眩しい季節である。花吹雪を追いかける子供達の足音を聞くのも楽しい。あっという間に葉桜となり、その樹影で気持ちがやすらぐ。葉の形はやさしく香りがよい。隅田川ほとりの長命寺の桜餅をしきりと思い出す。

二階の物干し台から青嵐の吹き分けた桜の樹を見下ろすと、屑綿を引っぱったような枝が目につく。その中で小さな毛虫がうごめいている。鳥肌の立つ思いである。

ここから私と害虫との戦いがはじまるのだ。桜につくアメリカシロヒトリには少々濃いめの薬液をかけないと撲滅できない。その雫で満開のさつきの花がげんなりしてしまう。椿も虫がつきやすいが、これは大樹ではないから時々見まわって、産卵している葉を紙袋に摘みとってスプレー式の薬をかければ、ほかの花をいためることはない。

庭木は生長するにしたがって、いろいろの問題をはらんできた。とくに桜は天に向かってより横へ枝を張る。私は椅子を使い石塀をつたい、或る時は二階の屋根にのぼって容赦なく枝を切った。「桜伐る馬鹿、梅伐らぬ馬鹿」と言われているが、道路にひろがる枝を切らぬわけにはいかない。私は恥を覚悟で軽業師のような真似をする。手の届かない枝を引っぱるため、男物の古いこうもり傘を利用した。傘を開かないように縛って、曲がった柄で思いきり引っぱる。この私のアイデアも若木のあいだのことであった。枝が太くなったのにひっかけたら、私の方が力不足で転落しそうになった。伸ばし放題にすれば、荷を積んだ車が通る度に枝を掠めてゆく。そして幹が石塀と摩擦する。不思議なことに石の方が欠けてゆくのである。

害虫予防の薬を噴霧器で撒いても、だんだん全域に届かなくなった。さらに繁茂すれば、産卵の早期発見も不可能だ。樹の下に錆色の汚物が落ちてくる頃は、もう手遅れである。食欲旺盛な毛虫たちが枝から枝に這いまわり、葉を喰いつくしている。道を行き来する人は首をすくめて小走りに通り過ぎる。特に女性は毛虫嫌いである。二度三度と嫌味を言われれば、聞き流すわけにはゆかない。思いあまって、市役所の環境衛生課に電話をしてみたが、個人の庭の一樹のために役所の車を出動するわけにはゆかないと、にべもなく断られた。

秋風が立ちはじめると、夥しい落ち葉が舞う。毎朝出勤組を送り出すと、まず外まわりを掃く。向こう三軒両隣に気をつかって散らかった葉をかき集める。低血圧の私にとって容易なことではない。雨あがりの道に貼りついた木の葉はいよいよ掃きにくい。二、三度木枯らしが吹き過ぎると、ようやく一段落である。

そしてまた立春を迎える。少しずつ蕾がふくらみ、入学式の頃にはどの枝も充実してくる。思わず、「さくら、さくら、やよいの空は……」と歌い出したくなる。温かい風に誘われて、花もうかれたように開く。春季束の間の花を楽しみ、後の月日はこの一本の桜にふりまわされるのである。

前年の夏、剪定をしていて二階の瓦を踏みはずしそうになり、このさき素人では守りしきれないと思った。そこで桜を伐ろうと提案したら、息子は大反対した。近所に来ている植木屋さんに相談したところ、なるべく伐った方がよいと言う。そのままにしていると、幹の圧力で石塀を倒すことにもなりかねない。大谷石の継ぎ目は一所ゆるめば意外に脆く、小さな衝撃でも倒れるとのことだ。

「費用はいかほどかかりますか」

「職人三人がかりとして三万円頂きたい」

数年前二千五百円で買った桜が生長し、それを伐り倒すのに十倍以上も費用がかかるとは、私は納得できなかった。そこで、なじみの植木屋さんにも交渉してみた。無料で伐ってやるから、代わりの植木を買って欲しいと言う。白の侘助を頼んだら、紅の侘助ならとっておきのがあると言う。目隠しにも最適な枝ぶりだとしきりにすすめられ、話は決まった。

職人二人が午前中かかって、やっと桜は倒された。ぱくりとあいた空間に、侘助が植えられたが、何となく庭が貧弱になった。一本の桜大樹には、すでに風格が備わっていたのである。入学の記念樹は枝をばらされ、車に積んであった。二階から眺めると空は拡がり明るくなったが、向かいの窓をさえぎるものがなくなった。夕方、息子が学校から戻ってきて残念がった。

年々幹は太くなり枝を張る。それに反比例して私の体力は衰えるばかりで、お転婆にも限度がある。桜は学園か公園か堤で、人々が相集い麗らかに眺めるものであろう。

新聞の「むさし野版」に市に緑をという趣旨で、住人に希望の苗木を配っているとあった。その苗木を種類別に統計をとられていたが、ここ数年来、桜の苗木はほとんど申し込まれないそうだ。建売住宅がだんだん密集し、横に張る樹木や虫のつき易いのはさけられるようである。

ふる里の庭には桜の大樹が二本あった。石垣の下は川であったから伸び放題でよかった。川向こうの山には山桜が数本あり、その山の端から匂うが如き朝の光が立ち込めていた。風雲急を告げる時代、桜は日本男児の宿命を象徴する花であった。桜の花びらが一陣の風に舞い散る時、私たち戦中派は胸の奥がかなしくなる。

やはり記念樹を伐ったことは惜しかった。毎年春がめぐってくれば、幻の花が瞼のうらに咲きつぐであろう。その度に、私は静かに座して樹霊の冥福を祈りたいと思う。

花に遊ぶ

彼岸花ごんしゃんの日の遠きかな

童女時代の妹が畦道に立っている姿を想いおこして詠んだ句である。肩上げした友禅の着物に赤い鼻緒の下駄をつっかけて夕映えの中に立っていた。手足の細い割に顔だけはふっくらしたお河童の似合う子で、何となく彼岸花が一輪咲いている感じであった。

幼時の妹は、父が目の中に入れても痛くないほどの扱いを受けていた。一日中患者と相対している父は、この妹の天性の笑顔に慰められたようである。ゆく先々で、目に見える花片をふりまいて歩くように周りをなごませた。小柄で動作がやさしいので、そばにいても決して邪魔にはならなかった。

姉妹の多い中でも、この妹と私は縁が深かった。昭和二十五、六年頃下宿を共にし、私は久留米医大の研究補助員をしていた。素顔に白衣をまとって、大学の研究室と病院への渡り廊下をわき目もふらず行き来した。当時医学生であった兄とすれ違っても、気がつかぬほど馬鹿真面目で、長女の責任を負い緊張した面持ちは容易にくずせなかった。

一方、妹は娘らしく粧い、その可憐な雰囲気は人々の目にとまった。顔がまるいので「お月さん」とニックネームをつけられ、学生から音楽会や映画に声をかけられたり、学長にまでお茶に誘われたりしていた。貧しいながら花の青春を過ごしたように思う。

下宿時代の生活はまことにつつましく花など買うゆとりはなかった。私の誕生日に妹は裏庭から青い葉っぱのついた一枝を折ってきて空瓶に挿した。そして薄紙であっという間に白い花を咲かせてくれた。妹が手先を動かすと食卓が何となく絵になった。同じハムを使っても白い洋皿にピンクの薔薇が咲いたように盛ってあり、箸をつけるのが惜しい位であった。

戦後、それぞれに屈折した青春譜を織りなしたが、逆境に負けることなく頑張り抜いたと思う。

やがて妹は公務員に嫁いだ。女の子を授かったが、外遊びができるようになっても顔色がすぐれず食が細かった。精密検査の結果、いましばらく体力をつけて数年後、或いは手術すべきだと言われた。その費用の高額さには驚かされた。

妹は花の師匠になることを決意した。入門の折、切実なる事情を述べ、早急に資格を取って収入を得たいわけを打ち明けた。妹の真情を汲みとられたのか、一回の授業料で数杯の活け方を教えられたそうである。活け花教師の免状を短期間で授かり、今日習いおぼえた技を翌日は教えて歩いた。はじめは身内や友人が厚意的に弟子となった。絵の得意な妹は活け花の基本的な構図をさっとつかめる能力をもっていたのか、大切な目標があり本気で習得した技は、年々人様にも認められたようである。

筑後久留米より豆津橋を渡って間もなく、佐賀平野の一望できる丘の上に妹一家は住居を建てた。幼稚園時代、通園するにも心配であった女の子も、陽のあたる家に移り、身にかなった運動をし、清澄な空気をいっぱい吸って徐々に体力が備わってきた。小学校高学年にすすみ夏休みになって再検査のため入院したところ、不思議なことに自然治癒していたのである。これまでのはりつめた生活や胸中のしこりも溶けたことであろう。

妹の家はまさしく花の宿である。玄関、廊下、床の間、その他ちょっとした棚や片隅にも適材適所に花が活けてある。それなりの風情があり、花のいのちが瑞々しく息づいている。連れだって買い物に出かけても、途中から慌てて引き返すことがある。花の組み合わせを取りかえてくるという。妹には花の精の主張やさざめきが聞き取れるのであろうか。野の花を摘んで根元にそっと挿しかえたりすると、自然の趣きがまして室内の空気までがすがすがしくなる。常時七、八杯は活けてあるとか。いずれの花器の水も湧き水のように浄らかであった。

妹と一緒に歩いている時、行き交う人や農作業している人に挨拶する。通りがかりに野菜や花をわけて頂くそうである。花材にはいたるところで恵まれる。生来口数は少ないが底ぬけに明るい性格ゆえ、大方の人に好意を寄せられるのであろう。渡る世間に鬼はなしの心境である。

俗人として賑やかに楽しく交わり、世塵もほどほどにふりかぶりながら、花を扱う時は花の香に花の露に浄められ、一輪一枝をいとおしみつつ花に遊ぶ境地ではあるまいか。

私と帽子

「この娘には帽子が似合います……」

第二の人生に旅立つ朝、国鉄久留米駅の改札口で母がふともらした一言をなつかしく思い出す。

当時、花嫁の誰もが帽子をかぶっているわけではなかった。まだ衣料切符の時代で、布一尺も自由買いのできない頃であったが、父親を亡くした娘の質素な旅立ちに、せめて帽子だけでもと切に願った母の心情は、私の胸に焼きついている。

昔のアルバムを繰ってみると、私は確かにいろいろな帽子をかぶっている。フード帽、ベレー帽、つばのある帽子、ちょっとした飾りの花やリボンの色など、はっきりと記憶している。町の洋品店に立ち寄ると、服に合う帽子を取り揃えて試着させられた。店主のすすめ上手もあってか、母は気前よく買ってくれた。長女として生をうけた私は、着る物だけは季節がめぐる度に、新しい装いをさせてもらった。

少女時代の私は、雨の降らぬ限り野山を歩きまわった。日光の直射に極めて弱かったので、常に麦藁帽子をかぶった。日がかげると帽子をぬぎ蕗の葉などを二、三枚底に敷いて、春は摘み草や苺を入れ、秋は落葉や椎の実など拾って帰った。帽子には野趣の匂いが溢れていた。いまもふる里に帰ると、麦藁帽を深めにかぶって旧道や野道を勝手に歩きまわる。

麦藁帽三日焦して離郷せり

遠い日、大牟田で博覧会が催された。隣組でトラック一台を借りきり見物に行った。道路はほとんど舗装されておらず、大へんな揺れ方であった。とくに民家のとぎれた田舎道はでこぼこで、痩せっぽちの私は揺れる度に一尺ほど飛びあがった。はじめはおもしろがっていたが、車に弱い私はだんだん怖くなった。そしてついに大きく傾いたと思ったら、前輪の片方が溝にはまった。しっかりつかまっていた筈なのに、私一人荷台から飛び出していた。刈田にたたきつけられたが、厚地のベレー帽のおかげで頭だけは無傷であった。幼児の強烈な経験は確かに体で覚えている。以来帽子さえかぶっていれば何となく安心感がある。

私の帽子歴の中には愉快な思い出も残っている。静岡に移り住んで間もなくの話である。当時は俳句仲間との交流があり、毎日のように書信を受けていた。ポストが朽ちていたので、玄関の板の間に投げ入れてもらった。時間がおよそ決まっていたので、郵便夫の足音を聞くと、私は小走りに出て御苦労さまという気持ちで受けとった。その頃ふだんの服装はほとんど絣の着物に白い割烹着をつけ、髪はひきつめに結っていたので実際より上に見られていたようである。

白帽子一人歩きにみどりさす

初夏を迎えた或る日、私はワンピースに着替え白い帽子とサンダルを履き、気分も爽やかに門を出た。出会いがしらにいつもの郵便夫と顔を合わせた。白い帽子の私に「いつも郵便を受けとるのはあんたのお母さんかね。よく似てるね」と言われ、私は思わず吹き出しそうになった。母娘二役を演じたわけである。まだ変身の可能性が残っていたのかと一人微苦笑して止まなかった。

わが帽子一日ぬがずおぼろ月

数年前、娘が入院した折、私は髪を梳くゆとりもなく帽子をかぶりづくめであった。手術が無事にすんで、やっと頭も軽くなり、辛苦の滲んだ帽子を捨てて、新橋駅近くの帽子店で新しいのを買った。麻入りの涼しげな布地で頭上に乗せてもかぶってない感じであった。東京駅に戻って中央線に乗車し、新宿でやっと腰かけられた。駅を発車してスピードが加わった頃、急に突風が吹き込んできた。私のすぐ後の窓は閉じていたが、前方の窓から吹き込んだ風にあっという間に帽子はさらわれ、後方の窓から外へ飛んでいってしまった。中野駅で途中下車してレールの近辺に沿って歩いてみたが、帽子は見つからなかった。つい先刻買ったばかりの気に入りの帽子であったのに、しんから悔しかった。しかし娘の一命はとりとめたのである。これで厄落ししたと思うより仕方がなかった。

公園の椅子に秋思のベレー帽

昭和五十五年の夏から秋にかけて再び家の改築をした。風呂もこわしたので、二十日間ほど銭湯に通った。近くの「梅の湯」は営業が夜の九時までである。職人さんの都合で七時頃まで作業されると、晩御飯もそこそこに銭湯まで駆け足で滑り込む。百九十五円払って烏の行水ではいささかもったいない気もするが、急いで洗って浴槽に入る。近頃客が少ないせいか、規則を守る人が常連か、末風呂でも湯は澄みきっている。深々と肩まで沈み、やれやれと思ってふと壁面の鏡を見ると帽子がちょこんと頭の上に乗ったままである。俄かに周囲の人たちの視線を感じ、慌てて浴槽を抜け出した。身心ともに疲れていたとはいえ、我ながら相当なそこつ者である。

この改築でやっと神棚を造った。檜の匂いと御神燈のゆらめきはまことに清々しいものである。朝の拝礼の時、おのずから帽子をぬいでいる。昔神社の前にさしかかると必ず脱帽し敬礼して通過した。つばのない帽子は正式の場でかぶったままでも失礼にはならないようであるが、習慣とはおそろしいものである。神前、仏前、目上の人に接見する時、なぜか帽子をぬがないと不遜のような気がする。

近頃はもっぱら通風性のある黒い帽子をかぶっている。朝起きた時から夜床に入るまで、大方ぬぐことはない。理由は四十代半ば過ぎた頃から急に銀色の髪が増えだしたからである。美容院に行けば「髪を染めませんか。ひとまわり若返りますよ」としきりにすすめられるが、こればかりはかたくなに拒み続けている。歳月を重ねて枯れてゆくさまもまた摂理にかなってよいと思う。今後とも私は自然派で徹したいのである。

今生で書けぬことあり冬帽子

富有柿

柿の芽のふく頃、思いがけぬ忘れ霜に少々心配はしたが、柿若葉が風にさやぐのを見ると気持ちがはずみ、音信を絶っている誰彼にハガキを書きたくなる。光の束が透きとおる季節「緑さす」という言葉は何とも瑞々しい季語である。柿の花は、地面に落ちたのを見てやっと気がつくほど地味な花である。この楚々とした咲きぶりが好ましい。

十年の住心地かな柿の花

中秋に入ると、大粒の柿の実は秋天を彩る。

柿のもみじも鮮烈である。葉の隙間から仰ぐ青空もまた美しい。柿の実は果物の王者という人もいるが、やはり果物としては最高の旨味であろう。木枯しが吹き過ぎたあと、裸木の枝に野鳥が一休みするのもなかなかの風情である。

枯 枝 に 烏 の と ま り け り 秋 の 暮　　芭蕉

この句については なつかしい思い出がある。今は亡き石川桂郎師と新宿のボルガ（焼鳥酒場）へ向かって歩いていた。

「あなたはいつも折角の句材をつかみながら季語の使い方が安易です。つまりピントが合っていない」

「朝起きて庭を見ると梅の小枝に雀が遊んでいる。確かに見たままを正直に述べたいのだろう。それでは単なる説明に過ぎない」

「芭蕉が見た枯枝に、実は烏が止まっていなかったかもしれない。しかし、これは芭蕉が枯枝に烏を止めて名句になったのです」

私は半ば納得した顔をしながら、人それぞれの感じ方があってもいいはずだと、心の中ではひそかに反発していた。あれから十余年、歳月がたつほどに師の深い教えがわかってきた。文芸上のまことを名句によって解明されたのである。

仏の顔まざと泛かびぬ柿の天

わが庭の柿の木は年々四方に枝を張り、珠のような実をつけたが、野鳥さえ素通りする渋のかたまりであった。この富有柿そっくりの「にたり柿」を裸木のうち倒してしまおうと思いたった。ところがいざ掘りはじめると簡単な作業ではなかった。枝の長さだけ根を張っていると聞いてはいたが、これほど根が走っているとは思ってもみなかった。記念に植えた一本目の柿の木は移植の失敗で根が枯れ片手で抜けるほどの呆気なさであったが、このにたり柿のしぶとさには驚いた。私の力ではびくともしない。学生時代に遺跡の発掘作業で鍛えた息子の腕を借りてやっと掘りおこした。狭い庭に柿の木は無理かとあきらめた。

そしてまた春がめぐってきた。三色菫を植え、椿の花芽など教えたりする。庭隅の泰山木の苗木に初めて蕾がついた。その先に目をこらすと、細い枝が塀すれすれに伸び、淡い緑の芽をふいている。捨てたはずの柿苗木が生きていたのである。二本目がにたり柿と判明した時、性懲りもなく苗木を買ってきたが、植える場所もなく桜の木の横に挿していた。その桜の木を切り倒した折、運命を共にしたものと思い込んでいたが、植木屋さんが柿苗木と知って片隅に土をかぶせておいたのであろう。

家の西側は体を横にしても通れない位狭い隙間しかない。見通しがきかないため、水も肥料も一度もかけたことがなかった。移植が難しいといわれる柿の木が知らぬ間に根づいて天水だけで育ったのである。自然の生命力の強さには驚いた。

そして、私の執念に応えてくれたのであろうか。昨年の夏はじめて花をつけて七個だけ実を結んだ。青柿は日に日に大きくなり、富有柿のかたちをなしてきた。たとえ渋柿でもいいと思った。

或る日、庭先に子供達の気配がした。飛び込んだボールをさがしているらしい。窓を開けた時はもう遅かった。一番楽しみに見守っている柿の木が被害にあっている。幹から枝の分かれたところが無惨にさけている。結実した方の枝が折れんばかりにぶらさがっている。三本目の柿は重傷を負ったのである。私はさけた枝をしっかり合わせてガムテープで括りつけた。九分九厘だめかと思ったが、ついに枯れなかった。

七個の柿は小粒ながら無事に実った。まことの富有柿であった。全く見捨てられ、無肥料無消毒でみごとに結実したのである。しかも上品な甘味をそなえている。この甘味はふる里の庭になった「がんざん」の味に似ていると思った。

或る詩人の死

昭和五十五年の松の内も過ぎ、七草の日は、大根、人参、莢隠元、三つ葉などを散らし、彩色鮮かな粥を娘が作ってくれた。塩味がほどよく利いている上に、それぞれの味が微妙に滲み出て淡白な美味しい粥であった。正月七日――まずは恙なき平穏な日々が過ぎた。

すっかり気分も落ち着き、九日の朝刊を開いた。私はいつ頃からか喪報欄に目を通すくせがついている。亡くなられた詩人、俳人の中には濃く薄くかかわった方が少なくない。またも知人の名が目にとまり、心をこめて丁寧に切りぬいた。

さかもとひさし氏（本名坂本寿　詩人）八日午前八時四十分急性心不全のため、広島市比治山本町六十二の自宅で死去。七十一歳、告別式は十日午前十一時から、広島市比治山本町一―十一善教寺で。喪主は長男寧氏。四十年、詩集『瀬戸内海詩集』で第一回大木惇夫賞を受賞。詩集『火の国』などがある。

私は昭和三十七年から四十年頃まで、広島に住んでいた。もっとも俳句熱にうかされた時期で、誘いを受ければほとんどの句会の片隅に参加した。自分の句柄を確かめたく模索混迷の時であった。

ホトトギス系の本格的写生眼、馬酔木系の流麗な調べ、石楠系のみずみずしい感覚、伝統派に属してきびしく修練された句は、正調派らしく整い、品格があり甲乙つけがたしの句が並んだ。少々句柄は違っていても選ばれた句はまさしく秀句であった。

句会の雰囲気としては、抽象前衛派の集まりの方が活気があった。のびのびと自身の俳論を吐き、十七文字や季語にあまりこだわらず自由なイメージで個々の思想を一行詩に託されている。

「これは如何なることを表現されているのですか」

「あなた自身の詩情を高揚すべし。説明をするほど次元の低いポエジーではない」

このようにはぐらかされると、そうかなと思うが、幾度読みかえしてもわけのわからぬ句がある。ふっと脳波がとらえた一コマを傑作だと自認する、自己陶酔型が多いようにも思われた。

その頃の私は、いまよりもっと不健康で貧血がひどく、少し歩いてもめまいを起こす状態であったが、案内状を頂けば、いずれの吟行にも参加した。我武者羅修行もゆき詰まりをきたしたが、それぞれに得るところがあった。その後はもとの孤独な生き方に戻って，自分なりの句を書き溜めていた。

昭和四十年の夏、広島忌二十周年の特集記事が中国新聞に連載された。記事のすさまじさに刺激されて原爆に関する句を詠み続けた。そのうち被爆者の霊に取りつかれたのか、悲愴なる声なき声が昼も夜もさざめき、不眠現象まで起きてきた。書き溜った中から数十句を「夕凪」という句誌に送った。

作品に目を通されたのか、詩人さかもとひさし氏から句評の手紙を頂いた。末文に「庭の萩を見に来ないか」とあった。さっそく比治山のお宅を訪ねた。比治山公園の近くにあり、石垣にはみごとな白萩がなだれ咲き、木の門柱には「臥山舎」と書かれた木札が打ちつけてあった。柔和な風貌で終始微笑を絶やされなかったが、額には尋常でない愁いを込めたシワが刻み込まれていた。無造作にかきあげられる銀髪の一すじ一すじに、踊み背に、屈折した歴史の重みが感じられた。

西東三鬼、秋元不死男、平畑静塔氏らの投獄事件と同世代に、反戦詩人の一人として連座されたとのことである。多くは語られなかったが、詩人としての節操をつらぬかれたことを凄絶な想い出としてでなく、むしろなつかしげに語られた。「原爆に対する憤りの句をもっともっと詠んで百句集を出すように」とすすめられた。

或る日、街中の本屋さんで臥山舎の先生らに声をかけられ、一緒に食事をした。おこぜの唐揚げでビールを美味しそうに飲まれ、アルコールの入った先生は極めてごきげんで、次々に詩語がとび出した。アルコールさえ入れば、酔うほどに詩が生まれるということであった。自然に湧き出すらしい。血の一滴まで詩人として生きておられる気がした。その折、「春夏秋冬」

という詩誌を三冊頂いた。わずか数頁のしゃれた個人誌で、私はいまも大切に保存している。臥山舎の先生を通じた詩人仲間との交流は、萎縮していた気持ちがほぐれ、小川でなく大海を泳いでいる感がした。

それから間もなく、氏は『瀬戸内海詩集』を出版された。その出版記念会の折であったろうか、三滝の観音山荘に御一緒した。はからずも大木惇夫氏（詩人）の隣席に座した。小柄な方で広島の銘酒「酔心」に目を細めておられたが、酒のせいか両手が小やみなくけいれんしていた。

私はなぜか、戦争末期に出征して永久に還らなかった父との最後の様子を語りかけた。昭和十八年の暮れ、再度戦地におもむく際、実は父の乗る筈の輸送船が三度も魚雷にかかって沈んだ。そのため出発が次々に延期された。

翌年一月半ば、ようやく乗り込む日がきたとはいえ、空爆、魚雷が待ちかまえているのである。決死の乗船であった。死を寸前にして父のたずさえたものは、刀剣と医療鞄のほか、絵筆や尺八などであった。最後の小倉の宿で、父はその部屋の床の間にかかっていた如来像の絵姿が気に入り、徹夜で写生した。そして今生の訣れに一言、「生きている限り、万物に恋をせよ」と言い残し、すがすがしい靴音で立ち去った。私は父の遺言として大切に受けとめている。

話に聞き入られた大木惇夫氏は、震える手で涙をぬぐわれた。生死を超越した武人の心のゆとりを熱く感じられたようである。

先に鬼籍に入られた大木惇夫氏に一足遅れて、あの世に旅立たれたさかもとひさし氏の詩魂は瀬戸内の波や魚と自在にたわむれ、音戸の月に恍惚と酒盃をかたむけておられることであろう。海をハンモックに深い眠りにつかれた臥山舎の先生の御冥福を心から祈りたい。

桜に想う

昭和十年四月一日、私は尋常小学校に入学した。校庭の桜が満開であった。「サイタ　サイタ　サクラガサイタ」の読本を開いた時の感激をいまも鮮明に記憶している。入学した頃の私は、体もひ弱く泣き虫であった。休み時間には男生徒が怖くて桜の大樹の裏にかがんで遊んだ。

家の庭にも「そめいよしの」が二本あった。大正末期、父が開業記念に植樹したもので、私の育った頃はかなりの大木であった。川向こうの数本の山桜を加えて華やかなお花見ができた。裸電球を桜の枝に灯し、玄関、居間、座敷の襖を全部とりはずして花見の宴が催された。その頃流行した「花は霧島、煙草は国分、もえてあがるは桜島……」のレコードをかけ、夜がふけるまで踊った。菊の宴では袴をつけて剣舞を舞う父が、桜の樹下では軽妙な身ぶり手ぶりで踊りの輪に入った。村医の父は、とにかく村の人達と飲むのが好きで、いつも四斗樽の酒と大鉄鍋いっぱいの「がめ煮」を用意した。激動の時代、花見酒の飲みっぷりも豪快であった。

昭和十六年春、県立八女高女に入学した。一年一組の教室は表玄関を入って中央廊下のつきあたり奥の校舎であった。東の中庭には奉安殿が祀ってあり、西の中庭には花壇があった。アネモネ、ヒヤシンス、霞草、矢車草など色鮮やかに咲き匂っていた。校庭に面した新入生の教室には桜の花片が舞い込んだ。拭きこまれた廊下を袴姿の先生とセーラー服の生徒が楚々と歩行した。四つ葉のクローバーや桜貝を集める夢多き少女期が束の間あり、旧制女学校の雰囲気を知った。日支事変中ではあったが、いささかの生活のゆとりが残っていた。

自転車通学の道すがら、花びらをうかべた辺春川は透きとおっていた。列をなして溯るうぐいも花の頃はさくら色にきらめいた。

宿題をはじめると、遠距離通学の疲れのためか居眠りすることがあった。そんな折、机の正面の壁に貼紙がしてあった。

明日ありとおもふ心のあだ桜夜半に嵐の吹かぬものかは

花のいのちのはかなさと時の大切さを、父はこの名歌を借りて教えてくれたのであった。

入学した年の十二月八日、重ねて大戦争が始まり、授業は短縮され、やがて学徒動員令が出て、全面的に軍の配下で作業に従事した。当時の男子中学生は、健康と事情のゆるす限り予科練と称される少年飛行兵に応募した。

桜の清々しさ潔さを織り込んだ、少年兵讃歌の声はすみずみまでひびきわたった。若桜の美名に心酔した若者たちは、まっしぐらに散り急いだのである。尊きいのちを一片の花屑ほどに扱われた残酷な思想を二度とよみがえらせてはいけない。戦死した父たちが一身を犠牲にして諭してくれたように思う。

父の魂埋めし一本の山桜

特攻機のとびたつ前夜、飛行場の片隅で「さくら」と名乗る女学生達がひそかに身を捧げたとか、戦争秘話として映画にされていたが、純粋な乙女の一途なやさしさを、同時代に生きた私は理解できる。国難に殉じたのは決して強き戦士ばかりではなかった。

散る桜戦中の劇子は解せず

転勤生活のお陰で、新潟の加治川の桜、静岡の久能山の桜、広島の比治山公園の桜、錦帯橋から眺めた桜吹雪は特に忘れられない。九十の祖母を誘っての最後の清遊であった。冥途へのみやげにすると歓喜した。

義父母の命日は揃って四月である。毎年墓参をかねて花の旅に出る。京都東山の先祖の墓地は頼家の墓と並んでいる。その昔、国学者の頼山陽が年老いた母を背負って花見をしたという孝行話を、墓前にてほのぼのと思い起こすのである。

あとがき

平成二十五年、句文集『清冽の抄』を出版した。その後体力が衰え、野川沿いの遊歩道の散策もかなわず、旧友には先に逝かれ訪れる人もいなくなった。

毎朝野鳥の啼き声に目を覚まし、泰山木を仰いで深呼吸する。草花に水を注ぎ、身辺に置いている小さな石仏に一日の平穏を祈りつつ余生の句を作りつづけている。

昭和十六年、県立八女高女に入学し、同年十二月大戦争が始まった。学徒動員で軍関係の作業に従事し、半端な教育しか受けられなかった。終戦の年、空襲警報の最中に卒業証書を渡されたが、空虚な思いは生涯消えない。

いよいよ終活の時期を迎えた。自著の作品を読み返し、三十年前の「文集」に記憶違いがあり、改訂の筆を起こした。身内に一言半句確かめ再出版することにした。昭和の愁歴に耐え抜いた証の一書である。

平成二十八年文月記す

鵜飼　礼子

一房の葡萄　爽涼な思い出

著者略歴

鵜飼 礼子（旧姓石本）

昭和３年　福岡県八女郡生
昭和20年　福岡県立八女高等女学校卒
昭和23年　中学校歌作詞（国文学者穴山孝道選）
昭和25年　詩人丸山豊氏の門下となる
昭和39年　よみうり俳壇賞
　原爆全国大会にて折鶴賞
昭和40年　木下夕爾氏の珠玉の文書にて薫陶を受く
　俳人格の深さに生涯敬服す
昭和43年　上京　石川桂郎（風土）石塚友二（鶴）
　両師に俳句の御指導を仰ぐ
昭和53年　俳人協会会員
　月刊モア（集英社）特集女たちのエッセーに（雨七夕）選出
　嶋岡晨氏の書評受く
昭和60年　随筆集『桜に想う』朝日新聞に取材され書評受く
昭和61年　日本名随筆集（作品社）に塚本邦雄氏の推薦を頂く
平成19年　西日本新聞文化部の企画（九州思想の水脈）抒情継ぐもう一つの
　「母音」考のシリーズに俳人として推挙される
平成21年　俳人協会退会
平成28年10月25日永眠

著書
随筆集『雨七夕』『冬すみれ』『桜に想う』
句集『蛍籠』『柚子の花』『手花火』『香木』『薄氷』『幾星霜』『清冽の抄』

桜に想う

二〇一六年十二月十二日発行
定　価——本体二〇〇〇円＋税
著　者——鵜飼　礼子
発行者——柏田　崇史
発行所——紘燈社
東京都豊島区千早一－二〇－一三　〒171－0044　電話〇三(三九五九)六九九四
振替〇〇一六〇－〇－一三六七六
印刷所——アクセス＋平河工業社
製本所——日進堂製本
ISBN 978-4-87782-142-5 C0090